o caso de charles dexter ward

O caso de Charles Dexter Ward

Tradução
Maiza Rocha

H. P. LOVECRAFT

ILUMINURAS

Título original
The Case of Charles Dexter Ward

Capa e projeto gráfico
Eder Cardoso / Iluminuras

Revisão
Bruno Silva de D'Abruzzo

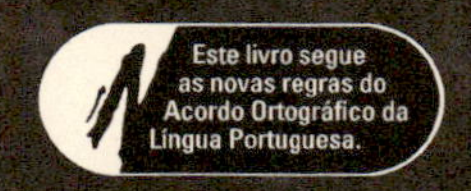

CIP-BRASIL. CATALOGAÇÃO NA PUBLICAÇÃO
SINDICATO NACIONAL DOS EDITORES DE LIVROS, RJ

L947c

Lovecraft, H. P. (Howard Phillips), 1890-1937
O caso de Charles Dexter Ward / H. P. Lovecraft ; tradução Maiza Rocha. -
1. ed. - São Paulo : Iluminuras, 2019.
180p; 22,5 cm.

Tradução de: The Case of Charles Dexter Ward

ISBN 978-85-7321-586-1

1. Romance americano. I. Rocha, Maiza II. Título.
18-49823 CDD: 813
CDU: 82-31(73)

2023
EDITORA ILUMINURAS LTDA.
Rua Salvador Corrêa, 119 - 04109-070 - São Paulo - SP - Brasil
Tel./Fax: 55 11 3031-6161
iluminuras@iluminuras.com.br
www.iluminuras.com.br

índice

capítulo i

um resultado e um prólogo

1

De um hospício privado próximo a Providence, Rhode Island, desapareceu há pouco tempo uma pessoa extremamente singular. Usava o nome de Charles Dexter Ward e fora internado com muita relutância pelo pai enlutado, que viu a aberração do rapaz aumentar de uma mera excentricidade para uma mania sombria, que envolvia tendências assassinas e uma transformação peculiar no conteúdo aparente de sua mente. Os médicos confessaram estar perplexos com o seu caso, pois apresentava esquisitices de caráter fisiológico em geral, bem como psicológicas.

Em primeiro lugar, o paciente parecia estranhamente mais velho do que os seus vinte e seis anos. É verdade que um distúrbio mental envelhece uma pessoa rapidamente, mas o rosto desse jovem assumira uma sutileza que, de uma forma geral, apenas os mais velhos possuem. Em segundo lugar, seus processos orgânicos demonstravam uma estranheza cuja proporção não se assemelha a nada na experiência da medicina. A respiração e os processos cardíacos tinham uma falta de simetria desconcertante, não tinha mais voz, portanto, nada mais alto do que um sussurro era-lhe possível, a digestão era incrivelmente prolongada e minimizada, e as reações neurológicas a estímulos-padrão não tinham a menor relação com qualquer coisa registrada até então, normal ou patológica. A pele era morbidamente fria e seca, e a estrutura celular do tecido parecia exageradamente grosseira e mal unida. Mesmo um grande sinal de nascença em forma de azeitona no quadril direito desaparecera, enquanto surgiu-lhe no peito uma verruga muito diferente e uma mancha escura onde antes não havia vestígios. De um modo geral, todos os médicos concordaram que os processos metabólicos de Ward foram retardados a níveis sem precedentes.

Psicologicamente também, Charles Ward era uma exceção. Sua loucura não tinha semelhança com nenhuma outra relatada, mesmo nos tratados mais recentes e completos, e foi considerada uma força mental capaz de fazer dele um gênio ou um líder, se não tivesse se distorcido em formas estranhas e grotescas. O Dr. Willett, médico da família Ward, afirma que a capacidade mental bruta do paciente, medida por sua reação a questões fora do âmbito de sua loucura, realmente crescera desde a internação. Ward sempre foi, é verdade, um erudito e um antiquário, mas mesmo seus trabalhos anteriores mais brilhantes não mostravam a compreensão e o discernimento prodigiosos exibidos durante seus exames psiquiátricos. Foi realmente difícil obter um comprometimento jurídico do hospital, tão poderosa e lúcida parecia a mente do jovem. Apenas com base em outras pessoas e por força das muitas lacunas anormais em seu estoque de informações, distintas de sua inteligência, finalmente ele foi internado. Até o instante de seu desaparecimento, fora um leitor voraz e um grande conversador, na medida em que sua fraca voz o permitia, e os observadores perspicazes, mesmo sem conseguir prever sua fuga, prognosticaram livremente que ele não demoraria a obter a dispensa de sua custódia.

2

Somente o Dr. Willett, que trouxera Charles Ward ao mundo e observara o desenvolvimento de seu corpo e mente desde o início, parecia assustado com a ideia de sua futura liberdade. Ele teve uma experiência terrível e fez uma descoberta que não se atrevia a compartilhar com seus céticos colegas. Willett, de fato, representa um pequeno mistério em sua ligação com o caso. Foi a última pessoa a ver o paciente antes de ele fugir e saiu dessa conversa num estado de horror e alívio tal, que muitos lembraram depois de tomarem conhecimento, três horas mais tarde. A fuga em si é um dos mistérios não resolvidos do hospital do Dr. Waite. Uma janela aberta a uma altura de quase vinte metros dificilmente poderia explicá-la, embora o jovem inegavelmente tenha desaparecido após a conversa com o médico. Willett não tem explicações públicas a dar, embora esteja estranhamente despreocupado após a fuga. Muitos acham até que ele gostaria de dizer mais alguma coisa, se confiasse que um número razoável de pessoas poderia acreditar. Encontrou Ward no quarto em que estava, mas logo após a saída dos médicos, os assistentes bateram na porta em vão. Quando a abriram, o paciente não estava lá e tudo o que encontraram foi a janela aberta, com a fria brisa de abril soprando uma nuvem de poeira cinza-azulada que quase os sufocou. É verdade que os cães haviam latido algum tempo antes, mas isso aconteceu quando Willett ainda estava presente, e eles não pegaram nada nem se manifestaram mais depois. Avisaram o pai de Ward imediatamente por telefone, mas ele pareceu mais entristecido do que surpreso. Na hora em que o Dr. Waite ligou, em pessoa, o Dr. Willett já havia falado com ele e ambos repudiaram qualquer conhecimento ou cumplicidade na fuga. Somente por alguns amigos íntimos de confiança de Willett e de Ward pai é que foram obtidas algumas pistas, mas mesmo elas eram fantásticas demais para a crença geral. O único fato que permanece é que, até o momento, não foi encontrada nenhuma pista do louco fugitivo.

Charles Ward foi um antiquário desde a infância, sem dúvida adquirindo esse gosto graças à venerável cidade em que vivia e às relíquias do passado que ocupavam cada canto da antiga mansão de seus pais em Prospect Street, na encosta da colina. Com o passar dos anos, sua devoção pelas coisas antigas aumentou, de modo que o estudo da história, da genealogia, da arquitetura, da decoração e dos artesanatos coloniais preencheram totalmente sua esfera de interesses. É importante relembrar esses gostos quando se fala de sua loucura, porque, embora não sejam o núcleo absoluto, desempenham um papel proeminente na sua forma superficial. As lacunas de informações que os psiquiatras observaram foram todas relacionadas a questões modernas e invariavelmente compensadas por um conhecimento oculto, do mesmo modo excessivo, ainda que aparentemente, de questões passadas, à medida que eram expostas por meio de um hábil interrogatório, de maneira que uma pessoa teria fantasiado o paciente literalmente transferido para uma época anterior através de algum tipo obscuro de auto-hipnose. O estranho é que Ward não estava mais interessado nas antiguidades que conhecia tão bem. Parecia ter perdido o respeito por elas graças a uma familiaridade absoluta, e todos os seus esforços finais obviamente se concentraram em dominar fatos comuns do mundo moderno que haviam sido total e inequivocamente expugnados de seu cérebro. Ele fez o melhor possível para esconder essa exclusão completa, mas ficou claro para todos que o assistiam que todo o seu programa de leitura e conversação fora determinado por um desejo frenético de absorver o conhecimento de sua própria vida e do contexto prático e cultural comum no século XX, que era o seu, visto ter nascido em 1902 e sido educado nas escolas da nossa época. Em face do seu estoque de dados totalmente prejudicado, os psiquiatras agora estão se perguntando como o paciente fugitivo consegue lidar com o complicado mundo de hoje, sendo opinião dominante que ele está "hibernando" em alguma posição humilde e inexata até que seu estoque de informações modernas possa ser normalizado.

O início da loucura de Ward é motivo de discussão entre os psiquiatras. O Dr. Lyman, eminente autoridade de Boston, aponta para 1919 ou 1920, durante o último ano do menino na Moses Brown School, quando ele subitamente mudou do estudo do passado para o estudo do oculto e não quis se candidatar para a faculdade, com o pretexto de que precisava fazer pesquisas individuais muito mais importantes. Isso com certeza é acentuado pela alteração de hábitos de Ward na época, principalmente por sua busca constante nos arquivos e antigos cemitérios da cidade por certo túmulo cavado em 1771, o túmulo de um ancestral seu chamado Joseph Curwen, alegando ter encontrado documentos sobre ele atrás dos painéis de uma casa antiquíssima em Olney Court, Stampers Hill, que diziam ter sido habitada por Curwen.

Em termos gerais, não se pode negar que o inverno de 1919-1920 assistiu a uma grande transformação em Ward, quando ele interrompeu abruptamente suas atividades gerais de antiquário e embarcou num mergulho desesperado em assuntos ocultos em seu país e no exterior, exceção feita apenas por essa busca estranhamente persistente pelo túmulo de seu antepassado.

O Dr. Willett, contudo, diverge radicalmente dessa opinião, baseando seu veredito no seu conhecimento íntimo e contínuo do paciente e em certas investigações e descobertas assustadoras que fez. Essas investigações e descobertas deixaram uma marca nele, de tal forma que sua voz vacila quando fala sobre elas e sua mão treme quando escreve sobre elas. Willett admite que a mudança de 1919-1920 normalmente marcaria o início de uma decadência progressiva que culminou na horrível, triste e estranha alienação de 1928, mas, com base em observações pessoais, acredita que é preciso fazer uma distinção mais precisa. Concordando espontaneamente que o menino sempre teve um temperamento desequilibrado e era propenso a reagir de maneira indevidamente suscetível e entusiástica aos fenômenos à sua volta, ele se recusa a admitir que as primeiras alterações marcaram a passagem real da sanidade para a loucura, creditando-as, em vez disso, à declaração do próprio Ward de que descobrira, ou redescobrira, algo cujos efeitos no pensamento humano deveriam ser maravilhosos e profundos.

Ele tem certeza de que a verdadeira loucura chegou com uma mudança posterior, depois de descobrir o retrato e os antigos documentos de Curwen; depois de fazer uma viagem a lugares incomuns, quando invocações terríveis foram entoadas em estranhas e secretas circunstâncias; depois que certas respostas a essas invocações foram plenamente mostradas e uma carta frenética foi escrita sob condições agonizantes e inexplicáveis; depois da onda de vampirismo e dos boatos do sinistro Pawtuxet; e depois que a memória do paciente começou a excluir imagens contemporâneas, enquanto sua voz falhava e o aspecto físico passava pelas modificações sutis observadas posteriormente.

Foi apenas nessa época, declara Willett com muita perspicácia, que as qualidades de pesadelo se tornaram indubitavelmente ligadas a Ward, e o médico, estremecendo, teve certeza de que existiam evidências suficientemente sólidas para sustentar a afirmação de que a descoberta crucial ocorreu na juventude. Em primeiro lugar, dois trabalhadores muito inteligentes viram os antigos documentos descobertos de Joseph Curwen. Segundo, o garoto uma vez mostrou-lhe esses documentos e uma página do diário de Curwen, e todos eles tinham aparência genuína. O buraco em que Ward afirmava tê-los encontrado é uma realidade visível e Willett pôde dar uma olhada final e muito convincente neles em um ambiente difícil de acreditar e comprovar que existia. Então houve os mistérios e coincidências das cartas de Orne e Hutchinson, o problema da caligrafia de Curwen e o que os detetives trouxeram à luz sobre o Dr. Allen. Todas essas coisas e mais a terrível mensagem em minúsculas medievais encontrada no bolso de Willett quando recobrou consciência após a experiência chocante.

E o que é mais conclusivo de tudo, existem os dois resultados hediondos que o médico obteve a partir de certo par de fórmulas durante suas investigações finais, resultados estes que comprovam praticamente a autenticidade dos documentos e suas monstruosas implicações ao mesmo tempo. Esses documentos foram retirados do conhecimento humano para sempre.

3

É preciso olhar para o começo da vida de Charles Ward como alguma coisa que pertence ao passado, assim como que as antiguidades de que ele tanto gosta. No outono de 1918, e com uma considerável demonstração de entusiasmo no período de serviço militar, ele iniciou seu ano preparatório na Moses Brown School, que fica muito perto de sua casa. O antigo edifício principal, construído em 1819, sempre encantou sua percepção juvenil de antiquário e o parque espaçoso no qual a academia se encontra, atraiu seu gosto por paisagens. Participava de poucas atividades sociais e passava o tempo principalmente em casa, em caminhadas, aulas, treinos e em busca de antiquários e informações genealógicas na Câmara Municipal, Assembleia Legislativa, Biblioteca Pública, Sociedades Literária e Histórica, Bibliotecas John Carter Brown e John Hay, da Brown University, e na recém-inaugurada Biblioteca Shepley, na Benefit Street. Pode-se imaginar também como era ele naqueles dias: alto, magro e louro, com olhos diligentes, um pouco curvado, vestido de uma maneira meio descuidada, causando mais uma impressão predominante de estranheza inofensiva do que atração.

Suas caminhadas eram sempre aventuras na antiguidade, durante as quais de miríades de relíquias de uma antiga cidade glamorosa ele conseguia recapturar uma imagem viva e atrelada dos séculos anteriores. Sua casa era uma grande mansão georgiana no alto de uma colina quase a pique que surge bem ao leste do rio. Das janelas dos fundos de suas alas incoerentes ele podia observar, vertiginosamente agrupadas, todas as espirais, cúpulas, telhados e picos de arranha-céus da cidade baixa até as colinas púrpuras do interior distante. Ali ele nasceu e, atravessando pelo lindo pórtico clássico da fachada de tijolos com vãos duplos, sua babá o levou para dar a primeira volta de carrinho, passando pela pequena casa de fazenda branca de duzentos anos, muito antes de a cidade ter sido ultrapassada, e continuando em direção à avenida das majestosas faculdades, ao longo da rua suntuosa e imponente, cujas antigas casas quadradas de tijolos e pequenas casas de madeira de varandas estreitas com muitas colunas dóricas pareciam sólidas e exclusivas no meio de seus parques e jardins generosos.

Foi levado no carrinho pela sonolenta Congdon Street, também um pouco mais abaixo da colina, com todas as suas casas orientais em altos terraços. A média de idade das pequenas casas de madeira aqui é bem alta, porque foi para o alto dessa colina que a cidade em desenvolvimento subiu e nessas encostas ele absorveu um pouco da cor de uma singular cidade colonial. A babá costumava parar e sentar nos bancos do Prospect Terrace para conversar com policiais, e uma das primeiras lembranças da criança era a vista do grande mar a oeste dos telhados e cúpulas e campanários nebulosos e das colinas distantes, que ele viu daquele aterro cercado numa tarde de inverno, todos eles de cor violeta e aparência mística contra um pôr do sol febril e apocalíptico de vermelhos e dourados e verdes curiosos. A grande cúpula de mármore da Assembleia Legislativa sobressaía numa silhueta maciça, sua estátua coroada com uma auréola fantástica por causa de uma falha nas nuvens coloridas que barravam o céu flamejante.

Quando cresceu, começaram suas famosas caminhadas, no início arrastado pela impaciente babá e depois sozinho, em meditações sonhadoras. Ele iria se aventurar cada vez mais para baixo, até descer a colina quase perpendicularmente, chegando a níveis sempre mais antigos e estranhos da velha cidade. Hesitaria cautelosamente em descer a vertical Jenckes Street, com suas paredes de fundo e cumeeiras coloniais, até a esquina sombria da Benefit Street, onde se erguia uma antiguidade de madeira com duas entradas de pilastras jônicas, ao lado, uma casa pré-histórica com telhado gambrel e a área de feno primitivo que sobrou, além da grande casa do juiz Durfee, com seus vestígios decadentes da grandiosidade georgiana. O local estava prestes a se tornar uma favela, mas os olmos titânicos lançavam uma sombra restauradora sobre o lugar, e o menino perambulava para o sul, depois das longas fileiras de casas pré-revolucionárias com suas grandes chaminés centrais e portais clássicos. No lado oriental elas foram construídas mais no alto, sobre porões, com escadarias duplas gradeadas e degraus de pedra, e o jovem Charles podia imaginá-las quando a rua era nova e perucas e saltos vermelhos realçavam os frontões pintados, cujos sinais de desgaste estavam então ficando bastante visíveis.

No lado ocidental, a colina era quase tão íngreme quanto do outro lado, descendo para a antiga Town Street, que os fundadores haviam construído na beira do rio em 1636. Ali havia inúmeras casas antiquíssimas, inclinadas e amontoadas. Embora fascinado, levou muito tempo até se atrever a penetrar em sua verticalidade arcaica, com medo de que acabariam sendo um sonho ou uma porta para terrores desconhecidos. Achava muito menos assustador continuar pela Benefit Street, após a cerca de ferro do pátio escondido da Igreja de St. John, a parte detrás da Casa Colonial de 1761 e o quarteirão arruinado do Golden Ball Inn, onde Washington se hospedou. Na Meeting Street — as sucessivas Gaol Lane e King Street de outros períodos — ele olharia para cima, a leste, e veria a escadaria em arco, à qual a estrada teve que recorrer para subir a ladeira, e para baixo, a oeste, vislumbrando a antiga escola colonial de tijolos que sorri do outro lado da estrada para o velho sinal da cabeça de Shakespeare, onde a *Providence Gazette* e o *Country-Journal* eram impressos antes da Revolução. Vem então a requintada Primeira Igreja Batista de 1775, luxuosa com seu campanário Gibbs e telhados e cúpulas georgianas cobrindo-a. A partir desse ponto e em direção ao sul, a redondeza começa a melhorar, desabrochando finalmente em um grupo maravilhoso de mansões. Mas ainda assim as pequenas vias antigas conduziam para o precipício a oeste, espectral em seu arcaísmo de múltiplos picos, mergulhando em uma profusão de decadências iridescentes, onde a velha orla perversa recorda seus orgulhosos dias de Índia Oriental em meio a perversões e imundícies poliglotas, cais e estaleiros apodrecendo e nomes de becos sobreviventes como Packet, Bullion, Gold, Silver, Coin, Doubloon, Sovereign, Guilder, Dollar, Dime e Cent.

À medida que crescia e ficava cada vez mais corajoso, às vezes o jovem Ward se arriscaria a descer naquele turbilhão de casas cambaleantes, travas quebradas, degraus fervilhantes, balaustradas retorcidas, rostos morenos e cheiros sem nome, insinuando--se da South Main à South Water, procurando as docas onde a baía e navios sólidos ainda se tocavam, e voltando para o norte, naquele nível mais baixo, passando pelos armazéns de telhados íngremes de 1816 e pela grande praça na Great Bridge. Aqui, a Market House de 1773 ainda se mantém firme sobre seus antigos arcos. Nessa praça ele pararia para beber na beleza estonteante da cidade velha, conforme ela sobe pela colina oriental, embelezada por suas espirais georgianas e coroadas pelo grande domo novo da Christian Science, como Londres é coroada pelo da St. Paul. Gostava principalmente de chegar a esse ponto no final da tarde, quando a luz oblíqua do sol pinta de ouro a Market House e os antigos telhados e campanários da colina e lança uma magia ao redor dos cais sonhadores, onde o *Providence Indiamen* costumava lançar âncora. Após observar por muito tempo, ficaria quase tonto com o amor de um poeta pela vista, e então escalaria a encosta, indo para casa durante o crepúsculo, passando pela velha igreja branca e caminhos íngremes, nos quais brilhos amarelos começariam a espiar por pequenas vidraças e através de claraboias colocadas no alto de escadarias duplas com curiosas grades de ferro forjado.

Outras vezes, e em anos posteriores, procuraria por contrastes gritantes, passando metade da caminhada nas regiões coloniais desmoronadas a noroeste de sua casa, onde a colina desce para o relevo mais baixo de Stampers Hill, com seu gueto e bairro negro crescendo em volta da praça de onde a diligência de Boston costumava partir antes da Revolução, e a outra metade no gracioso domínio meridional sobre as ruas George, Benevolent, Power e Williams, onde a antiga ladeira mantém inalteradas as delicadas construções e pedaços de jardins cercados e caminhos verdes escarpados, nos quais persistem tantas perfumadas lembranças. Essas perambulações, juntamente com os estudos diligentes que as acompanhavam, certamente explicam uma grande parte das tradições do antiquário que, no final, se amontoaram no mundo moderno da mente de Charles Ward; e ilustram o solo mental no qual caíram naquele fatídico inverno de 1919-1920, as sementes que acabaram naquele estranho e terrível usufruto.

O Dr. Willett tem certeza de que até esse inverno da primeira mudança que pressagiou a doença, o gosto por antiguidades de Charles Ward não tinha o menor traço de morbidez. Não tinha uma atração especial por túmulos além de suas singularidades e valor histórico, nem era totalmente devotado a nada parecido com violência ou instinto selvagem. Então, em níveis insidiosos, parece ter se desenvolvido uma consequência curiosa de um de seus triunfos genealógicos do ano anterior, quando ele descobriu entre seus antepassados maternos certo Joseph Curwen, homem que vivera por muitos anos, vindo de Salem em março de 1692, e sobre o qual correu uma série de boatos altamente peculiares e histórias perturbadoras. O tataravô de Ward, Welcome Potter, casou-se em 1785 com uma certa "Ann Tillinghast, filha da senhora Eliza, filha do Capitão James Tillinghast", de cuja paternidade a família não conservou nenhum traço. No final de 1918, enquanto examinava um volume dos registros originais da cidade, o jovem genealogista encontrou uma entrada que descrevia a mudança legal de nome, segundo a qual em 1772 a senhora Eliza Curwen, viúva de Joseph Curwen, e sua filha de sete anos, Ann, assumiram seu nome de solteira, Tillinghast, com base no argumento de "que o nome de seu marido se transformou em opróbrio público em razão do que ficou conhecido após sua morte, confirmando um antigo boato, embora a ele não desse crédito sua fiel esposa, por serem até então comprovadamente uma dúvida do passado." Essa entrada veio à tona após a separação acidental de duas folhas que haviam sido coladas cuidadosamente e tratadas como se fossem uma revisão dos números das páginas.

Imediatamente ficou claro para Charles Ward que ele descobrira um tataravô até então desconhecido. A descoberta deixou-o duplamente excitado, porque já ouvira falar um pouco e vira alusões esparsas a essa pessoa, sobre a qual restaram tão poucos registros publicamente disponíveis, a não ser os que vieram a público apenas numa época mais recente, que quase lhe pareceu ter havido uma conspiração para apagá-la da memória. O que realmente parecia, acima de tudo, era de uma natureza tão singular e provocante que não se podia deixar de imaginar com muita curiosidade o que os registros coloniais estavam tão ansiosos para esconder e esquecer; ou suspeitar que a rasura tivera todas as razões para ocorrer.

Antes disso, Ward se contentara em deixar o romance sobre o velho Joseph Curwen estagnado. Após ter descoberto sua própria relação com esse personagem aparentemente silenciado, passou a buscar, o mais sistematicamente possível, tudo o que pudesse estar ligado a ele. No final dessa sua pesquisa excitada obteve um resultado que foi além de suas mais altas expectativas, pois cartas, diários e folhas de memórias não publicadas encontrados em sótãos cheios de teias de aranha de Providence e outros lugares renderam muitas passagens (iluminadoras????), cujos escritores acharam por bem não destruir. Uma importante informação adicional veio de um lugar muito remoto, Nova York, onde algumas correspondências coloniais de Rhode Island foram armazenadas no Museu da Fraunce's Tavern. O ponto crucial, contudo, e o que na opinião do Dr. Willett formou a fonte definitiva da invalidez de Ward, foi o artigo descoberto em agosto de 1919 atrás dos painéis das ruínas da casa em Olney Court. Foi isso, sem a menor dúvida, que abriu aquela perspectiva negra, cujo fim era mais profundo do que o poço.

capítulo II

um antecedente e um horror

1

Joseph Curwen, conforme revelado nas lendas desconexas incorporadas naquilo que Ward viu e desenterrou, era um indivíduo realmente espantoso, enigmático e horrível, de uma forma obscura. Fugira de Salem para Providence — aquele refúgio universal do ímpar, do livre e do dissidente — quando teve início o grande pânico de feitiçaria, com medo de ser acusado por causa de seus modos solitários e suas experiências químicas e alquímicas suspeitas. Era um homem de aparência incolor, tinha cerca de trinta anos e foi logo qualificado para se tornar um homem livre em Providence. Comprou então um lote de terreno ao norte da Gregory Dexter, quase no sopé da Olney Street. Sua casa foi construída na Stampers Hill, a oeste da Town Street, no local que depois se tornou Olney Court. Em 1761 ele substituiu essa casa por uma maior, no mesmo local, e ela ainda se encontra lá.

A primeira coisa estranha a respeito de Joseph Curwen foi que ele parecia não ter envelhecido desde a sua chegada. Envolveu-se em empresas de navegação, comprou um cais perto de Mile End Cove, ajudou a reconstruir a Great Bridge em 1713 e a fundar a Igreja Congregacional na colina em 1723. Mas sempre manteve a aparência indefinida de um homem de não mais de trinta ou trinta e cinco anos. À medida que as décadas passavam, essa qualidade singular começou a provocar rumores, mas Curwen sempre explicava dizendo que seus antepassados haviam sido pessoas resistentes e que ele praticava uma vida simples que não o desgastava. Como essa simplicidade poderia ser conciliada com as inexplicáveis idas e vindas do comerciante secreto e os estranhos lampejos em suas janelas durante toda a noite não era uma coisa muito clara para os habitantes do local, e eles estavam propensos a atribuir outras razões àquela constante juventude e longevidade. Dizia a maioria que as incessantes misturas e fervuras de produtos químicos que Curwen fazia eram as principais responsáveis por sua condição. Corriam boatos sobre as substâncias estranhas que ele trouxera de Londres e das Índias em seus barcos ou comprara em Newport, Boston e Nova York. Quando o velho Dr. Jabez Bowen veio de Rehoboth e abriu uma botica do outro lado da Great Bridge sob a placa do unicórnio e do almofariz, houve conversas intermináveis sobre as drogas, ácidos e metais que o recluso taciturno comprava sem parar ou encomendava a ele. Partindo do pressuposto de que Curwen possuía habilidades médicas espantosas e secretas, várias pessoas que sofriam de diferentes doenças solicitaram sua ajuda, mas, embora ele parecesse encorajar essa crença de uma forma não comprometedora e sempre lhes desse poções de cores estranhas em resposta a esses pedidos, observou-se que elas raramente eram benéficas. No final, quando mais de cinquenta anos haviam se passado desde a chegada do estranho sem produzir uma mudança aparente de mais de cinco anos em seu rosto e corpo, tiveram início rumores mais sinistros, e as pessoas passaram a respeitar o desejo de isolamento que ele sempre demonstrara.

Cartas particulares e diários desse período revelam ainda uma grande quantidade de outros motivos pelos quais Joseph Curwen foi admirado, temido e finalmente evitado como uma peste. Era notória sua paixão por cemitérios, onde era visto o tempo todo e sob qualquer condição, embora ninguém houvesse testemunhado uma ação de sua parte que pudesse ser realmente considerada macabra. Ele possuía uma fazenda na Pawtuxet Road, na qual geralmente passava o verão e para a qual seria visto indo com frequência nos mais estranhos momentos do dia ou da noite. Nela, os únicos empregados, agricultores e caseiros eram um casal taciturno de índios Narragansett; o marido, mudo, com cicatrizes curiosas, e a mulher com uma fisionomia repulsiva, provavelmente devido à mistura de sangue negro. No alpendre da casa ficava o laboratório, onde era realizada a maioria das experiências químicas. Carregadores curiosos que entregavam garrafas, sacolas ou caixas nas portinholas traseiras contariam sobre os fantásticos frascos, cadinhos, alambiques e fornos que viram na sala baixa e cheia de prateleiras; e profetizariam em sussurros que o químico calado — com isso queriam dizer *alquimista* — não demoraria muito a encontrar a Pedra Filosofal. Os vizinhos mais próximos da fazenda — os Fenner, que moravam a um quilômetro e meio de distância — tinham coisas ainda mais estranhas para contar a respeito de certos sons que, insistiam em dizer, vinham da casa de Curwen à noite. Havia gritos e uivos longos, e eles não gostavam da quantidade enorme de animais aglomerados nos pastos, pois não eram necessários rebanhos tão grandes para abastecer de carne, leite e lã um homem sozinho com poucos empregados. A identidade dos animais parecia mudar de uma semana para outra, à medida que novos rebanhos eram comprados dos fazendeiros de Kingstown. Em seguida, houve também algo muito desagradável a respeito de um grande anexo de pedra com apenas fendas altas e estreitas servindo de janelas.

Os vagabundos de Great Bridge tinham muito que falar sobre a casa de Curwen da cidade, em Olney Court. Não tanto da nova e bonita, construída em 1761, quando o homem devia ter quase um século de idade, mas da primeira, com telhado baixo de gambrel, um sótão sem janelas e telhas nas laterais, cujas vigas ele tomara a precaução peculiar de queimar após a demolição. Ali havia menos mistério, é verdade, mas as horas em que as luzes ficavam acesas, o segredo sobre os dois estrangeiros morenos que compunham os únicos empregados, a grande quantidade de comida que se via entrar pela porta de uma casa onde viviam apenas quatro pessoas e a característica de certas vozes ouvidas constantemente em conversas abafadas em horas altamente improváveis, tudo isso combinado com o que se sabia sobre a fazenda Pawtuxet, bastava para dar má reputação ao lugar.

Nos círculos da alta sociedade, também, a casa de Curwen não deixava de ser discutida, pois, como o recém-chegado aos poucos começara a trabalhar na igreja e no comércio da cidade, naturalmente fez conhecidos da melhor espécie, de cuja companhia e conversa ele estava pronto para desfrutar. Sua origem era conhecida, visto que os Curwens ou Carwens de Salem não precisavam de apresentação na Nova Inglaterra. Correu a notícia de que Joseph Curwen viajara muito no início de sua vida, morando algum tempo na Inglaterra e indo ao menos duas vezes ao Oriente. E seu discurso, quando se dignava a falar, era o de um britânico culto e educado. Mas, por uma razão ou outra, Curwen não ligava para a sociedade. Embora nunca rejeitasse realmente um visitante, sempre criava um muro de reserva e poucos eram capazes de pensar em alguma coisa para lhe dizer que não soasse fútil.

Parecia uma intromissão em sua arrogância enigmática e sardônica, como se ele houvesse acabado por julgar todos os seres humanos idiotas por ter frequentado entidades mais estranhas e poderosas. Quando o Dr. Checkley, o famoso erudito, chegou de Boston em 1738 para ser o reitor da King's Church, fez questão de visitá-lo, uma pessoa sobre a qual ouvira falar tanto; mas desistiu em muito pouco tempo, ao detectar uma tendência sinistra no discurso do anfitrião. Charles Ward disse ao pai, quando conversavam sobre Curwen numa noite de inverno, que daria tudo para saber o que o misterioso velho dissera ao alegre clérigo, mas todos os diários encontrados concordam sobre a relutância do Dr. Checkley em repetir o que ouvira. O bom homem ficara horrivelmente chocado e não conseguia mais lembrar de Joseph

Curwen sem uma perda visível da alegre urbanidade pela qual era famoso. Mais definitivo, contudo, foi a razão pela qual outro homem de fino trato evitava o arrogante eremita. Em 1746, o senhor John Merritt, um inglês idoso com tendências literárias e científicas, veio de Newport para a cidade, que a ultrapassava tão rapidamente em estagnação, e construiu uma sede rural em Neck, no que é hoje o coração da área das melhores residências. Ele vivia com considerável estilo e conforto, possuindo a primeira carruagem e criados de libré da cidade, muito orgulhoso de seu telescópio, seu microscópio e sua conhecida biblioteca de livros em inglês e latim. Ao ouvir dizer que Curwen era dono da melhor biblioteca de Providence, o senhor Merritt antes ligou para ele e em seguida foi recebido na casa com mais cordialidade do que a maioria dos outros que haviam ligado. Sua admiração pelas grandes estantes do anfitrião, que, além dos clássicos em grego, latim e inglês, exibiam uma notável bateria de obras filosóficas, matemáticas e científicas, incluindo Paracelsus, Agricola, Van Helmont, Sylvius, Glauber, Boyle, Boerhaave, Becher e Stahl, levou Curwen a sugerir uma visita à casa da fazenda e ao laboratório, aos quais jamais convidara ninguém antes, e os dois foram imediatamente para lá na carruagem do senhor Merritt.

O senhor Merritt sempre confessou não ter visto nada realmente horrível na fazenda, mas afirmou que os títulos dos livros na biblioteca especial de assuntos taumatúrgicos, alquímicos e teológicos que Curwen mantinha numa sala da frente foram suficientes para inspirar-lhe uma aversão duradoura. Talvez, contudo, a expressão facial do dono ao exibi-los tenha contribuído para isso. Essa estranha coleção, além de uma série de obras clássicas que o senhor Merritt não se alarmou ao invejar, abrangia quase todos os cabalistas, demonologistas e magos conhecidos pelo homem. E era um tesouro de sabedoria nos reinos duvidosos da alquimia e da astrologia. As edições da Mesnard de Hermes Trismegistus, o *Turba Philosophorum*, o *Liber Investigations* de Gener e o *Key of Wisdom* de Artephius, estavam todas lá, amontoadas junto com o cabalista *Zohar*, a coleção da Peter Jammy de Albertus Magnus, a edição de Zetzner da *Ars Magna et Ultima* de Raimundo Lulio, *Thesaurus Chemicus* de Roger Bacon, *Clavis Alchimiae* de Fludd e *De Lapide Philosophico* de Trithemius. Judeus e árabes medievais estavam profusamente representados, e o senhor Merritt empalideceu ao retirar um volume fino, ostensivamente intitulado *Qanoon-e-Islam*, que achou ser, na realidade, o proibido *Necronomicon* escrito pelo árabe louco Abdul Alhazred, sobre o qual ouvira coisas monstruosas murmuradas alguns anos antes, após a exposição de ritos inomináveis na pequena e estranha aldeia de pescadores de Kingsport, na província de Massachusetts-Bay.

Mas, por incrível que pareça, o digno cavalheiro reconheceu ter ficado mais perturbado com um mero detalhe. Em cima da gigantesca mesa de mogno, com a capa virada para baixo, havia uma cópia de Borellus seriamente desgastada, contendo várias notas marginais e entrelinhas à mão de Curwen. O livro estava aberto mais ou menos na metade, e um parágrafo exibia rabiscos tão grossos e trêmulos, além das linhas de letras negras místicas, que o visitante não resistiu a dar uma olhada. Se foi a natureza da passagem sublinhada ou o peso febril dos traços que formavam o destaque, ele não soube dizer, mas alguma coisa naquela combinação afetou-o de um jeito muito ruim e peculiar. Lembrou-se disso em seus últimos dias, ao escrever de memória em seu diário, e uma vez tentou contar ao seu melhor amigo, o Dr. Checkley, até perceber como isso perturbou o urbano reitor. Ele leu:

> "Os Sais essenciais dos Animais podem ser preparados e conservados, de forma que um Homem engenhoso pode ter a Arca de Noé inteira em seu próprio estúdio e criar a pura Forma de um Animal a partir de suas Cinzas e a seu bel-prazer e, pelo mesmo Método dos Sais essenciais do Pó humano, um Filósofo pode, sem usar nenhuma

> Necromancia criminosa, criar a Forma de qualquer Ancestral morto a partir do Pó no qual seu Corpo foi incinerado."

Foi próximo às docas da parte sul da Town Street, contudo, que foram murmuradas as piores coisas sobre Joseph Curwen. Os marinheiros são um povo supersticioso, e os experientes marujos que manejavam as infinitas corvetas de rum, escravos e melaço, os corsários libertinos e os grandes bergantins dos Brown, Crawford e Tillinghast, todos faziam sinais furtivos de proteção quando viam a figura magra, aparentemente jovem, com seu cabelo amarelado e uma leve corcunda, entrando no armazém Curwen na Doubloon Street, ou falando com capitães e agentes no longo cais em que os navios de Curwen ancoravam continuamente.

Funcionários e capitães do próprio Curwen detestavam-no e tinham medo dele, e todos os seus marinheiros eram mestiços da ralé da Martinica, Santo Eustáquio, Havana ou Port Royal. De certa forma, era a frequência com que esses marinheiros eram substituídos que provocava a parte mais aguda e tangível do medo que o velho homem inspirava. Uma tripulação era liberada na cidade ou em licença na costa, alguns de seus membros talvez encarregados de uma incumbência ou outra, e, quando se reunissem novamente, certamente faltaria um ou mais homens. O fato de que muitas dessas incumbências tinham a ver com a fazenda da Pawtuxet Road e de que poucos desses marinheiros foram vistos voltando daquele local nunca foi esquecido; de modo que, com o tempo, ficou extremamente difícil para Curwen manter sua tripulação estranhamente sortida. Quase sempre vários deles desertavam logo após ouvir os boatos do cais de Providence, e a substituição nas Índias Ocidentais tornou-se um problema cada vez maior para o comerciante.

Em 1760, Joseph Curwen era praticamente um pária, suspeito de horrores vagos e alianças demoníacas que pareciam ainda mais ameaçadoras por não poderem ser nomeadas, entendidas ou mesmo comprovadas. A gota d'água pode ter sido o caso dos soldados desaparecidos em 1758: em março e abril daquele ano dois regimentos reais a caminho de New France foram desmembrados em Providence e esvaziados por um processo inexplicável, muito além da taxa média de deserção. Corriam boatos sobre a frequência com que Curwen costumava ser visto com os casacas-vermelhas estrangeiros e, à medida que vários deles começaram a desaparecer, as pessoas pensavam nas estranhas condições entre seus próprios marinheiros. O que teria acontecido se os regimentos não houvessem sido requisitados, ninguém é capaz de dizer.

Enquanto isso, os negócios mundanos do comerciante prosperavam. Ele detinha praticamente o monopólio do comércio de salitre, pimenta-do-reino e canela e liderava com facilidade qualquer outro estabelecimento, com exceção do dos Brown, na importação de artefatos de bronze, índigo, algodão, lã, sal, aparelhos náuticos, ferro, papel e produtos ingleses de todo tipo. Lojistas como James Green, do Sign of the Elephant em Cheapside, Russell, do Sign of the Golden Eagle no outro lado da ponte, ou Clark e Nightingale, da Frying-Pan and Fish, perto da nova cafeteria, dependiam quase totalmente das mercadorias dele; e seus acordos com as destilarias locais, os leiteiros e os criadores de cavalos Narragansett, bem como com os fabricantes de velas de Newport, fizeram dele um dos primeiros exportadores da Colônia.

Embora condenado ao ostracismo, não deixava de ter um medíocre espírito cívico. Depois do incêndio da Colony House, fez uma doação generosa para as loterias graças às quais a nova casa, de alvenaria — que ainda se encontra no início da antiga avenida principal —, foi construída em 1761. No mesmo ano ajudou também a reconstruir a Great Bridge após o vendaval de outubro. Substituiu diversos livros da biblioteca pública destruídos no incêndio da Colony House, e apostou pesadamente na loteria, o que proporcionou à lamacenta Market Parade e à esburacada Town Street a pavimentação com grandes pedras redondas e uma calçada, ou canteiro, no meio. Na mesma época construiu também a simples, mas excelente casa nova, cujo pórtico é uma obra-prima da escultura. Quando os adeptos Whitefield romperam com a igreja da colina do Dr. Cotton em 1743 e fundaram a igreja Deacon Snow do outro lado da ponte, Curwen foi com eles, embora seu zelo e assiduidade tenham arrefecido depressa. Agora, contudo, ele cultivava a piedade mais uma vez, como se para dispersar a sombra que o atirou ao isolamento e logo começaria a destruir sua fortuna comercial se não fosse incisivamente detida.

2

A visão desse homem estranho, pálido, aparentemente de meia-idade, embora devesse estar com mais de cem anos, procurando no final emergir de uma nuvem de medo e ódio vagos demais para serem definidos ou analisados, era uma coisa ao mesmo tempo patética, dramática e desprezível. O poder da riqueza e dos gestos superficiais, contudo, é tão grande que, na realidade, houve uma leve redução na aversão visível demonstrada contra ele, principalmente depois que o constante desaparecimento de seus marinheiros terminou de maneira abrupta. Ele também deve ter começado a tomar precauções extremas e a manter em segredo suas expedições ao cemitério, pois nunca mais foi visto naquelas andanças, enquanto os comentários sobre sons e atividades estranhas em sua fazenda Pawtuxet diminuíam na mesma proporção. Seus índices de consumo de alimentos e substituição de cabeças de gado permaneceram anormalmente altos, mas até a época moderna, quando Charles Ward examinou um conjunto de contas e notas fiscais na Biblioteca de Shepley, não ocorreu a ninguém — exceto a um jovem amargurado, talvez — fazer comparações sinistras entre o grande número de negros da Guiné que ele importou até 1766 e o preocupante pequeno número para os quais poderia produzir notas de venda confiáveis, seja aos traficantes de escravos da Great Bridge, seja aos agricultores de Narragansett Country. Sem dúvida a esperteza e a ingenuidade dessa personalidade abominável eram estranhamente profundas, uma vez que a necessidade de praticá-las ficou impressa nele.

Mas é claro que o efeito de todo esse cuidado tardio era necessariamente superficial. O temor e a desconfiança em relação a Curwen permaneciam, aliás, o simples fato de continuar parecendo jovem numa idade tão avançada por si só bastaria para justificá-los, e ele percebeu que, no final, sua fortuna provavelmente sofreria com isso. Seus estudos e experiências elaborados, fossem eles o que fossem, aparentemente exigiam um pesado investimento para sua manutenção e, como uma mudança iria privá-lo das vantagens comerciais adquiridas, não seria nada interessante para ele ter de recomeçar em uma região diferente. O bom senso o aconselhava a rever suas relações com a população de Providence, de forma que sua presença deixasse de ser motivo de conversas sussurradas, desculpas esfarrapadas nas mensagens recebidas e uma atmosfera geral de estorvo e constrangimento. Seus funcionários, agora reduzidos às sobras indolentes e sem recursos que ninguém mais empregaria, estavam lhe causando muita preocupação, e ele conservava os capitães e seus companheiros apenas pelo fato de ter obtido alguma ascendência sobre eles — uma hipoteca, uma nota promissória ou alguma informação muito importante ao bem-estar deles. Em diversos casos, registraram empregados diaristas com algum temor, Curwen demonstrava quase o poder de um mago ao desenterrar segredos para usos questionáveis. Durante os últimos cinco anos de vida, parecia que apenas conversas diretas com pessoas mortas há muito tempo seriam capazes de ter fornecido algumas das informações imediatas que ele tinha na ponta da língua.

Mais ou menos nessa época, o astuto acadêmico fez uma última tentativa desesperada para recuperar seu lugar na sociedade. Até então um perfeito eremita, agora estava determinado a contrair um casamento vantajoso, garantindo como noiva uma moça cuja reconhecida posição social impossibilitasse o ostracismo de sua casa. Pode ser que ele tivesse também razões mais profundas para desejar uma aliança, razões estas até então externas à esfera cósmica conhecida, que somente os documentos encontrados um século e meio depois de sua morte fariam com que alguém suspeitasse delas, mas mesmo por eles nada de certo foi possível saber. Naturalmente ele estava ciente do horror e indignação com que uma corte normal seria recebida, daí o fato de correr atrás de uma provável candidata sobre a qual os pais pudessem exercer uma pressão adequada. Percebeu que não era nada fácil encontrar candidatas, já que tinha exigências bastante peculiares quanto à beleza, realizações e posição social. No final, sua pesquisa recaiu sobre a casa de um de seus melhores e mais antigos capitães do mar, um viúvo bem nascido e de reputação ilibada chamado Dutee Tillinghast, cuja filha única, Eliza, parecia dotada de todas as vantagens concebíveis, com exceção de boas perspectivas como uma herdeira. O Capitão Tillinghast estava sob o controle total de Curwen e, após uma conversa terrível em sua casa cheia de cúpulas na colina Power's Lane, consentiu em sancionar a aliança blasfema.

Eliza Tillinghast estava com dezoito anos na época e fora criada da forma mais gentil que permitiram as reduzidas posses de seu pai. Frequentou a escola Stephen Jackson, em frente à Court House Parade, e foi diligentemente instruída por sua mãe, antes que esta morresse de varíola em 1757, em todas as artes e refinamentos da vida doméstica. Nas salas da Rhode Island Historical Society ainda se pode ver um bordado feito por ela, em 1753, aos nove anos de idade. Após a morte da mãe, Eliza manteve a casa ajudada apenas por um velho negro. As discussões com seu pai a propósito do pedido de casamento de Curwen devem ter sido realmente dolorosas, mas não temos registro delas. O que se sabe ao certo é que seu noivado com o jovem Ezra Weeden, segundo--imediato da *Enterprise* de Crawford, foi devidamente rompido e sua união com Joseph Curwen ocorreu no dia sete de março de 1763, na igreja batista, na presença de uma das assembleias mais seletas de que a cidade podia se orgulhar, sendo a cerimônia realizada pelo jovem Samuel Winsor. A *Gazette* mencionou o evento numa pequena nota e na maioria das cópias que restam, o item em questão parece ter sido recortado ou rasgado. Ward encontrou uma única cópia intacta depois de procurar muito nos arquivos de um colecionador particular de notas, observando divertido a urbanidade sem sentido da linguagem:

> "Na tarde do último domingo o Senhor Joseph Curwen, desta Cidade, Comerciante, casou-se com a Senhorita Eliza Tillinghast, Filha do Capitão Dutee Tillinghast, uma jovem de real Mérito, acrescentado a uma bela Pessoa, para honrar o Estado conjugal e perpetuar sua Felicidade."

A coleção de cartas de Durfee-Arnold, descoberta por Charles Ward um pouco antes do primeiro episódio de sua famosa loucura, na coleção particular de Melville F. Peters da George Street, que abrangia esse e o período imediatamente anterior, lança uma viva luz sobre o ultraje provocado no sentimento público por esse jogo grotesco. A influência social dos Tillinghast, contudo, não podia ser ignorada e, mais uma vez, Joseph Curwen viu sua casa frequentada por pessoas que, de outra forma, nunca poderia ter persuadido a cruzar sua soleira. Sua aceitação não era absolutamente completa e sua noiva era quem mais sofria pela aventura forçada, mas o resultado foi que a queda no ostracismo absoluto se extinguiu. A forma como o estranho recém-casado tratava sua esposa, exibindo uma extrema graciosidade e consideração, assombrou tanto a ela quanto a toda a comunidade. A nova casa na Olney Court estava agora totalmente livre de manifestações perturbadoras e, embora Curwen se ausentasse bastante para ir à fazenda Pawtuxet, que sua esposa nunca visitou, ele se parecia mais com um cidadão normal do que em qualquer outro momento de seus longos anos de residência. Apenas uma pessoa se conservou como inimigo declarado dele, o jovem oficial da marinha com o qual Eliza Tillinghast rompeu o noivado de maneira tão brusca. Ezra Weeden jurou vingança abertamente e, embora de temperamento tranquilo e manso, estava agora imbuído de um ódio que não pressagiava nada de bom para o marido usurpador.

No dia sete de maio de 1765 nasceu Ann, a filha única de Curwen, que foi batizada pelo Reverendo John Graves da King's Church, com o qual passaram a comungar logo depois do casamento, a fim de se comprometer com suas respectivas afiliações congregacional e batista. O registro desse nascimento, bem como do casamento dois anos antes, foi retirado da maioria das cópias da igreja e dos anais da cidade nos quais deveria aparecer, e Charles Ward teve enorme dificuldade para localizar ambos, após descobrir que a mudança de nome da viúva dizia respeito a ele próprio e gerou o interesse febril que culminou em sua loucura. A escrituração do nascimento foi descoberta curiosamente na correspondência com os herdeiros do Dr. Graves, partidário da coroa britânica que levou consigo uma cópia do conjunto de registros quando deixou a casa pastoral ao eclodir a Revolução. Ward tentou essa fonte porque sabia que sua tataravó, Ann Tillinghast Potter, entrara para a igreja episcopal.

Após o nascimento de sua filha, um acontecimento ao qual ele pareceu dar as boas-vindas com um fervor totalmente discrepante de sua frieza normal, Curwen resolveu sentar-se para um retrato. Este foi pintado por um escocês muito talentoso chamado Cosmo Alexander, na época residindo em Newport e, desde então, famoso como um dos primeiros professores de Gilbert Stuart.

Diziam que o retrato fora executado em um painel da parede da biblioteca da casa de Olney Court, mas nenhum dos dois antigos diários que o mencionam dão algum indício de seu paradeiro final. Naquela época, o instável acadêmico dava sinais de uma abstração incomum e passava o maior tempo possível na sua fazenda da Pawtuxet Road. Ele parecia estar, conforme relatos, em uma condição de excitação ou suspense reprimido, como se esperasse uma coisa fantástica ou estivesse prestes a fazer alguma descoberta estranha. A química e a alquimia pareciam ter uma grande participação nisso, porque levou de casa para a fazenda uma grande quantidade de livros sobre esses assuntos.

Não diminuiu seu fingimento de interesse cívico e não perdia a oportunidade de ajudar líderes como Stephen Hopkins, Joseph Brown e Benjamin West em seus esforços para melhorar o aspecto cultural da cidade, que na época estava muito abaixo de Newport em relação ao apoio às artes liberais. Ajudara Daniel Jenckes a estabelecer sua livraria em 1763 e, desde então, era o melhor cliente, estendendo a ajuda da mesma forma para a financeiramente decadente *Gazette*, que saía todas as quartas-feiras no Sign of the Shakespeare's Head. Na política, apoiava ardentemente o Governador Hopkins contra o partido de Ward, cuja força principal se encontrava em Newport, e seu discurso realmente eloquente no Hacker's Hall em 1765 contra o estabelecimento de North Providence como uma cidade independente, com um voto pré-tutelar na Assembleia Geral, teve mais efeito do que qualquer outra coisa para reduzir o preconceito contra ele. Mas Ezra Weeden, que o observava de perto, ridicularizava cinicamente toda essa atividade aparente e jurava a todo mundo que isso não passava de uma máscara para algum tráfico inominável com os mais negros abismos do Tártaro. O vingativo jovem deu início a um estudo sistemático do homem e suas ações sempre que chegava ao porto, passando muitas horas da noite pelo desembarcadouro com uma canoa, de prontidão quando via luzes nos depósitos de Curwen e, em seguida, o pequeno bote que às vezes entraria e sairia da baía despercebido. Também mantinha uma vigilância constante sobre a fazenda de Pawtuxet, e uma vez chegou a ser gravemente atacado pelos cães que o velho casal índio lançou contra ele.

3

Em 1766, Joseph Curwen sofreu a última transformação. A mudança foi repentina e recebeu uma ampla atenção entre os habitantes curiosos, pois o ar de suspense e expectativa caiu como uma antiga capa, dando lugar imediatamente a uma exaltação mal disfarçada de total triunfo. Curwen parecia ter dificuldade para controlar suas arengas em público sobre o que encontrara, ou aprendera, ou fizera. Mas aparentemente a necessidade de manter segredo era maior do que a demora em compartilhar seu regozijo, pois não dava nenhuma explicação mais consistente. Foi após essa transição, que parece ter ocorrido no início de julho, que o sinistro acadêmico começou a surpreender as pessoas com a posse de informações que apenas seus ancestrais mortos há muito tempo poderiam ser capazes de transmitir.

As frenéticas atividades secretas de Curwen não diminuíram nem um pouco com essa mudança. Ao contrário, pareceram aumentar, de modo que seus negócios de fretes cada vez mais eram operados pelos capitães, que agora estavam ligados a ele por laços de medo, tão poderosos quanto os da falência haviam sido. Abandonou totalmente o tráfico de escravos, alegando que os lucros estavam diminuindo sem parar. Passava todos os momentos livre na fazenda de Pawtuxet, apesar de boatos ocasionais de sua presença em lugares que, embora não fossem exatamente cemitérios, ainda eram tão relacionados a eles que as pessoas mais atentas se perguntaram até que ponto a mudança de hábitos do comerciante seria real. Apesar de seus períodos de espionagem serem necessariamente breves e intermitentes por causa das viagens no mar, Ezra Weeden manteve uma persistência vingativa que a maior parte dos habitantes e fazendeiros não tinha e sujeitou os negócios de Curwen a um escrutínio como jamais houvera sido antes.

A população pensara que muitas das manobras bizarras dos navios do estranho comerciante se deviam à agitação do momento, quando todos os colonos pareciam determinados a resistir às cláusulas da Lei do Açúcar, que obstruiu um importante comércio. Contrabando e evasivas eram regra na Narragansett Bay, e o descarregamento noturno de cargas ilícitas era frequente. Mas Weeden, observando noite após noite os veleiros leves ou pequenos que saíam dos depósitos de Curwen nas docas da Town Street, logo teve certeza de que não eram apenas os navios da marinha de Sua Majestade que ele estava ansioso para evitar. Antes da mudança de 1766, a maioria dessas embarcações continha negros acorrentados, que eram levados pela baía e desembarcados em um ponto obscuro da costa, ao norte de Pawtuxet, sendo depois conduzidos para cima do penhasco e pelos campos até a fazenda de Curwen, onde eram trancados naquela imensa construção externa que tinha apenas aberturas estreitas no alto servindo de janelas. Após a mudança, contudo, o programa todo foi alterado. A importação de escravos cessou abruptamente e, durante algum tempo, Curwen abandonou as navegações noturnas. Então, perto da primavera de 1767, surgiu uma nova estratégia. Mais uma vez os barcos voltaram a sair das docas escuras e silenciosas como de costume e, desta vez, iriam descer uma certa distância pela baía, chegando talvez até Namquit Point, onde se reuniriam para receber a carga de estranhos navios de tamanho considerável e aspecto muito variado. Os marinheiros de Curwen desembarcariam depois a carga no local de costume da costa e a transportariam pelo interior até a fazenda, trancando-a no mesmo prédio de pedra inescrutável que antigamente abrigava os negros. A carga consistia quase inteiramente de caixas, sendo uma grande quantidade delas oblongas e pesadas, sugerindo, de uma maneira perturbadora, serem caixões.

Weeden observava a fazenda com uma assiduidade constante, visitando-a todas as noites por longos períodos e raramente deixando passar uma semana sem dar uma olhada, a não ser quando havia neve para revelar suas pegadas. Mesmo então, chegaria o mais perto possível pela estrada usada ou sobre o gelo do rio vizinho para ver que outras pistas poderiam ter sido deixadas. Como suas vigílias eram interrompidas pelas obrigações no mar, contratou um companheiro de taverna chamado Eleazar Smith para observar durante suas ausências; e os dois poderiam ter posto em circulação algumas histórias extraordinárias. Só não o fizeram porque sabiam que o efeito da publicidade iria deixar sua presa de sobreaviso e não poderiam fazer progressos. Em vez disso, preferiram esperar até saber de alguma coisa definitiva antes de tomar qualquer providência. O que ficaram sabendo devia ser realmente aterrador, e Charles Ward manifestou várias vezes a seus pais que lamentava o fato de Weeden ter queimado seus cadernos mais tarde. Tudo o que se sabe de suas descobertas é o que Eleazar Smith anotou em um diário não muito coerente e o que outros escritores de diários e cartas repetiram timidamente com base nas declarações que fizeram por fim — e de acordo com as quais, a fazenda era apenas a cobertura de uma ameaça muito maior e revoltante, de um alcance e profundidade tão inatingíveis que dificilmente se poderia obter algo mais do que uma compreensão obscura.

O que se pôde recolher é que Weeden e Smith logo se convenceram de que embaixo da fazenda havia uma grande quantidade de túneis e catacumbas, habitados por uma considerável equipe de pessoas, além do velho índio e sua mulher. A casa era uma antiga relíquia pontuda da metade do século XVII, com enormes chaminés empilhadas e janela de treliças, ficando o laboratório em um alpendre ao norte, onde o telhado chegava quase até o chão. Esse prédio ficava longe de todos os outros, embora, a julgar pelas diversas vozes ouvidas nas horas mais estranhas, devesse ser acessível por meio de passagens subterrâneas secretas. Antes de 1766, essas vozes não passavam de sussurros e murmúrios dos negros e de gritos desvairados combinados com cantos ou invocações curiosas. Após essa data, contudo, assumiram uma característica muito singular e terrível, à medida que passaram para uma escala entre lamentos de aquiescência embotada e explosões de dor frenética ou fúria, ruídos de conversas e choramingos de súplica, ofegos de ansiedade e gritos de protesto. Pareciam ser em línguas diferentes, todas conhecidas por Curwen, cuja entonação áspera era frequentemente distinguida nas respostas, reprovações ou ameaças.

Às vezes parecia haver várias pessoas na casa: Curwen, alguns prisioneiros e os guardas desses prisioneiros. Havia vozes que nem Weeden nem Smith tinham ouvido antes, apesar do amplo conhecimento que possuíam de portos estrangeiros, e outras que eram capazes de reconhecer a que nacionalidade pertenciam. A natureza das conversas parecia sempre uma espécie de catequese, como se Curwen estivesse extraindo algum tipo de informação dos prisioneiros aterrorizados ou rebeldes.

Weeden tinha em seu caderno muitos relatórios literais de fragmentos ouvidos ao acaso, pois o inglês, o francês e o espanhol, línguas que ele falava, eram usados frequentemente, mas nada disso sobreviveu. Disse, contudo, que, além de alguns diálogos mórbidos sobre antigos negócios de famílias de Providence, a maior parte das perguntas e respostas que conseguiu entender eram históricas ou científicas, algumas vezes relativas a lugares e datas muito remotos. Uma vez, por exemplo, uma figura alternadamente furiosa e ameaçadora foi interrogada em francês sobre o massacre do Príncipe Negro em Limoges, em 1370, como se houvesse um motivo oculto que ele precisasse conhecer. Curwen perguntou ao prisioneiro — se é que se tratava de um prisioneiro — se a ordem de matar foi dada por causa do Sinal do Bode encontrado no altar da antiga cripta romana embaixo da catedral, ou se o Homem Negro do Pacto da Haute Vienne falara as Três Palavras. Não obtendo respostas, o inquisidor aparentemente recorreu a meios extremos, pois houve um grito agudo seguido por um silêncio, murmúrios e o som de uma pancada.

Nenhum desses colóquios teve jamais uma testemunha ocular, pois as janelas eram fechadas por cortinas pesadas. Certa vez, contudo, durante um discurso em uma língua desconhecida, apareceu uma sombra na cortina que sobressaltou Weeden, fazendo-o lembrar de um daqueles bonecos que vira no outono de 1764 no Hacker's Hall, quando um homem de Germantown, Pensilvânia, oferecera um espetáculo mecânico inteligente, anunciado como "Uma Vista da Famosa Cidade de Jerusalém, na qual estão representados Jerusalém, o Templo de Salomão, seu Trono Real, as famosas Torres e Colinas, da mesma forma que o Suplício de Nosso Salvador do Jardim de Getsêmani até a Colina de Gólgota, uma peça engenhosa da Estatuária, que vale a pena ser vista pelos Curiosos." Foi nessa ocasião que o ouvinte, que rastejara até a janela da sala da frente, de onde vinha o discurso, fez o movimento involuntário que levou o velho casal de índios a lançar os cachorros atrás dele. Depois disso, nenhuma outra conversa foi ouvida na casa, e Weeden e Smith chegaram à conclusão de que Curwen transferira seu campo de ação para as regiões inferiores.

Que essas regiões existiam parece muito claro, devido a uma série de coisas. De vez em quando, gritos e gemidos débeis vinham indubitavelmente do que parecia ser terra sólida em locais distantes de qualquer estrutura, ao mesmo tempo que, escondida pelos arbustos da margem do rio, onde o terreno elevado descia em declive íngreme até o vale de Pawtuxet, foi encontrada uma porta de carvalho em arco com uma moldura de alvenaria pesada, que obviamente era uma entrada para as cavernas no interior da colina. Quando ou como essas catacumbas foram construídas, Weeden não era capaz de dizer, mas ele comentou com frequência como deve ter sido fácil para os bandos de trabalhadores chegarem pelo rio àquele local sem serem vistos. Joseph Curwen realmente deu diferentes usos a seus marinheiros mestiços! Durante as fortes chuvas da primavera de 1769, os dois observadores mantiveram uma vigilância cerrada na íngreme margem do rio, para ver se conseguiam esclarecer algum dos segredos do subterrâneo, e foram recompensados com a visão de uma grande quantidade de ossos humanos e animais, em locais onde foram feitos sulcos profundos. Naturalmente poderia haver diversas explicações para a existência dessas coisas nos fundos de uma fazenda de gado e num local onde túmulos de índios na terra eram comuns, mas Weeden e Smith tiraram suas próprias conclusões.

Foi em janeiro de 1770, enquanto Weeden e Smith ainda debatiam em vão sobre o que pensar ou fazer, se é que havia algo para pensar ou fazer, a respeito daquela história totalmente desconcertante, que ocorreu o incidente do *Fortaleza*. Exasperada com o incêndio da corveta *Liberty* em Newport no verão anterior, a frota aduaneira sob o comando do Almirante Wallace adotara uma vigilância cada vez maior sobre as embarcações estranhas e, nessa ocasião, a *Cygnet*, a escuna armada da Sua Majestade sob o comando do Capitão Charles Leslie, após uma breve perseguição capturou numa madrugada a barcaça *Fortaleza*, de Barcelona, Espanha, sob o comando do Capitão Manuel Arruda, contratada, segundo o diário de bordo, do Grande Cairo, Egito, até Providence. Quando o navio foi revistado em busca de contrabando, revelou-se o espantoso fato de que a carga consistia apenas de múmias egípcias consignada ao "Marinheiro A. B. C.", cuja identidade o Capitão Arruda jurara não revelar. O Vice-Almirantado de Newport, sem saber o que fazer diante da natureza de não-contrabando da carga, de um lado, e do sigilo ilegal do registro, de outro, por recomendação do coletor Robinson, comprometeu-se a liberar a embarcação, com a condição de que ela não aportasse nas águas de Rhode Island. Mais tarde correu o boato de que ela fora vista no Porto de Boston, apesar nunca ter atracado abertamente lá.

Esse acontecimento inesperado não deixou de ser amplamente observado em Providence, e pouca gente duvidou da existência de alguma ligação entre a carga de múmias e o sinistro Joseph Curwen. Como seus estudos exóticos e curiosas importações de produtos químicos eram de conhecimento comum, e sua predileção por cemitérios era uma suspeita geral, não foi preciso usar muita imaginação para ligá-lo à extravagante importação, que não podia ter outro destinatário concebível na cidade além dele. Como se estivesse consciente da crença comum, Curwen teve o cuidado de falar casualmente em diversas ocasiões sobre o valor químico dos bálsamos encontrados em múmias, achando, talvez, que poderia tornar a história um pouco menos estranha, evitando apenas admitir ainda sua participação. Weeden e Smith, claro, não tiveram a menor dúvida da importância de tudo isso e entregaram-se às mais desenfreadas teorias a respeito de Curwen e seus trabalhos monstruosos.

Na primavera seguinte, como na do ano anterior, as chuvas foram fortes; e os observadores vigiaram cuidadosamente a margem do rio atrás da fazenda de Curwen. Vários trechos foram levados pela água e, com isso, descobriram uma certa quantidade de ossos, mas não tiveram o menor vislumbre de câmaras ou tocas subterrâneas reais. Correu um boato, contudo, um pouco abaixo da cidade de Pawtuxet, onde o rio deságua em quedas sobre um terraço de rochas para se juntar à enseada local. Lá, onde antigas e pitorescas casas rústicas subiam a colina a partir do rio e as traineiras ficavam ancoradas em suas docas sonolentas, falou-se vagamente de coisas flutuando rio abaixo e surgindo à vista por um minuto, à medida que corriam sobre as quedas. Claro que o Pawtuxet é um rio longo que atravessa muitas regiões com diversos cemitérios, e claro que as chuvas da primavera foram fortíssimas, mas os pescadores em cima da ponte não gostaram da forma selvagem como uma daquelas coisas olhou para eles enquanto corria para as águas mais calmas abaixo; nem da forma como a outra metade gritou, embora sua condição há muito tivesse deixado de ser a de objetos que gritam normalmente. Esses boatos levaram Smith — já que Weeden estava então no mar — a correr para a margem do rio atrás da fazenda, onde certamente estaria a prova de um grande desmoronamento. Não havia, contudo, vestígios de uma passagem para o barranco, pois a pequena avalanche deixara atrás de si um sólido muro de terra misturada com os arbustos do alto. Smith chegou a tentar escavar, mas desanimou com o insucesso — ou talvez com o medo de um possível sucesso. É interessante especular sobre o que o persistente e vingativo Weeden teria feito se estivesse em terra na época.

4

No outono de 1770, Weeden decidiu que era o momento de contar suas descobertas a outras pessoas, pois dispunha de um grande número de fatos para relacionar e uma segunda testemunha ocular para refutar a possível acusação de que os ciúmes e a vingança haviam estimulado sua fantasia. Como primeiro confidente, escolheu o Capitão James Mathewson, do *Enterprise*, que, por um lado, o conhecia bastante bem para não duvidar da veracidade de suas palavras e, por outro, tinha influência suficiente na cidade para ser ouvido com respeito. O diálogo aconteceu em uma sala do andar de cima da Sabin's Tavern, perto das docas, com Smith presente para corroborar praticamente cada declaração, e podia-se ver que o Capitão Mathewson ficou muito impressionado. Como todas as outras pessoas da cidade, ele tinha suspeitas obscuras a respeito de Joseph Curwen, portanto, foi preciso apenas essa confirmação e a ampliação dos dados para convencê-lo totalmente. No final da conversa, ele estava muito sério e ordenou silêncio absoluto aos dois homens mais jovens. Disse que transmitiria as informações separadamente a cerca de dez ou doze dos cidadãos mais eruditos e proeminentes de Providence para averiguar suas opiniões e seguir quaisquer conselhos que pudessem oferecer. O sigilo provavelmente seria essencial, qualquer que fosse o caso, pois esse não era um assunto com que os policiais ou a milícia da cidade poderiam lidar e, acima de tudo, a multidão excitável deveria ser mantida na ignorância, para que não se estabelecesse nesses dias já tumultuados a repetição do terrível pânico de Salem, menos de um século antes da chegada de Curwen.

Acreditava que as pessoas certas para conhecer a história seriam o Dr. Benjamin West, cujo panfleto sobre o último trânsito de Vênus comprovava ser ele um estudioso e pensador interessado; o Reverendo James Manning, presidente da Faculdade que acabara de se mudar de Warren e estava temporariamente hospedado na casa ao lado da escola da King Street, esperando o término das obras de sua casa na colina acima da Presbyterian Lane; o ex-governador Stephen Hopkins, que fora membro da Sociedade Filosófica de Newport e era um homem de percepções amplas; John Carter, editor da *Gazette*; os quatro irmãos Brown, John, Joseph, Nicholas e Moses, que formavam o grupo dos magnatas reconhecidos, sendo Joseph o cientista amador da região; o velho Dr. Jabez Bowen, cuja erudição era considerável e tinha um bom conhecimento, em primeira-mão, das estranhas compras de Curwen; e o Capitão Abraham Whipple, um corsário de uma ousadia e energia fenomenais, com quem se poderia contar para liderar quaisquer medidas necessárias. Esses homens, se preciso, poderiam no final ser reunidos para uma deliberação coletiva, e com eles ficaria a responsabilidade de decidir se deveriam ou não informar o governador da colônia, Joseph Wanton de Newport, antes de começarem a agir.

A missão do Capitão Mathewson prosperou além de suas maiores expectativas, pois, embora tenha achado um ou dois dos confidentes escolhidos um pouco céticos a respeito do possível lado negro da aventura de Weeden, todos eles concordaram que seria necessário tomar algum tipo de ação secreta e coordenada. Estava claro que Curwen constituía uma vaga possibilidade de ameaça ao bem-estar da cidade e da colônia e devia ser eliminado a qualquer preço. No final de dezembro de 1770, um grupo de cidadãos eminentes se reuniu na casa de Stephen Hopkins para debater medidas provisórias. As notas de Weeden, que haviam sido dadas ao Capitão Mathewson, foram lidas cuidadosamente, e ele e Smith foram convocados a testemunhar sobre os detalhes. Algo parecido com o medo tomou conta da assembleia antes de a reunião terminar, embora uma firme determinação, que o blefe e os palavrões ressonantes do Capitão Whipple expressaram melhor, tenha permeado esse medo. Eles não iriam notificar o governador porque parecia ser necessário tomar um caminho paralelo ao legal. Com poderes ocultos de uma extensão incerta à sua disposição, Curwen não era homem de aceitar um aviso para deixar a cidade com segurança. Represálias anônimas poderiam ser feitas e, mesmo que a sinistra criatura aceitasse, a mudança não seria mais do que o deslocamento de uma carga impura para outro local. Era uma época sem lei, e os homens que haviam desprezado as forças tarifárias do Rei durante anos não se recusariam a ações mais duras quando a obrigação assim exigisse. Curwen deveria ser surpreendido na fazenda de Pawtuxet por uma grande invasão de corsários experientes e receber a chance de se explicar. Se ficasse comprovado que era um louco que se divertia com gritos e conversas imaginárias em vozes diferentes, ele seria devidamente internado. Se surgisse algo mais grave, e se os horrores subterrâneos realmente comprovassem ser reais, ele e todos os que estivessem com ele deveriam morrer. Isso poderia ser feito tranquilamente, e nem mesmo a viúva e seu pai ficariam sabendo o que acontecera.

Enquanto essas graves etapas eram discutidas, aconteceu na cidade um incidente tão terrível e inexplicável que, por algum tempo, foi a única coisa sobre a qual se mencionava em quilômetros. No meio de uma noite de lua clara de janeiro, com uma pesada neve debaixo dos pés, sobre o rio e colina acima ressoou uma série de gritos que trouxeram cabeças sonolentas a todas as janelas. As pessoas que moravam perto de Weybosset Point viram uma coisa enorme e branca mergulhando freneticamente pelo espaço meio escuro em frente ao Turk's Head. Ouviu-se o latido de cachorros a distância, que foi reduzido assim que o clamor da cidade despertada se tornou audível. Grupos de homens com lanternas e mosquetes correram para ver o que estava acontecendo, mas a busca foi inútil. Na manhã seguinte, contudo, um corpo gigantesco, musculoso, completamente nu, foi encontrado nos amontoados de gelo em volta dos ancoradouros ao sul da Great Bridge, onde a Long Dock se estende para além da destilaria Abbott, e a identidade desse objeto se tornou um tema para especulações e sussurros sem fim. Não eram tanto os jovens, mas, sim, os mais velhos que murmuravam, pois apenas os patriarcas fazem aquela expressão rígida, com os olhos saltados de horror golpeando todos os acordes da memória. Estremecendo como costumam fazer, trocavam sussurros furtivos de espanto e medo, pois aquela fisionomia rígida e repelente tinha uma semelhança inacreditável, a ponto de ser quase uma identidade — e essa identidade era a de um homem que morrera exatos cinquenta anos antes.

Ezra Weeden estava presente no momento da descoberta e, lembrando os latidos da noite anterior, estabeleceu o lugar de onde veio o som: ao longo da Weybosset Street e através da Muddy Dock Bridge. Estava com uma estranha expectativa e não ficou surpreso quando, ao chegar ao limite do distrito estabelecido, onde a rua se funde com a Pawtuxet Road, viu pegadas muito curiosas na neve. O gigante nu fora perseguido por cachorros e vários homens calçando botas, e as pegadas de volta dos cães de caça e seus donos podiam ser traçados com facilidade. Eles haviam desistido da caça quando chegaram muito perto da cidade. Weeden deu um sorriso sinistro e, como se fosse um detalhe superficial, fez o caminho de volta das pegadas até o ponto inicial. Era a fazenda Pawtuxet de Joseph Curwen, como ele imaginava, e teria dado tudo para que o terreno estivesse pisoteado de forma um pouco menos confusa. Naquela situação, ele não se atreveu a parecer muito interessado em plena luz do dia. O Dr. Bowen, que Weeden procurou imediatamente para entregar seu relatório, realizou uma autópsia no estranho cadáver e descobriu particularidades que o deixaram totalmente desconcertado. Os tratos digestivos do gigante pareciam nunca ter sido usados, enquanto a pele toda tinha uma textura grossa, fracamente unida, impossível de explicar. Impressionado com o que o velho homem murmurou sobre a semelhança do corpo com o ferreiro Daniel Green, há muito falecido, cujo bisneto, Aaron Hoppin, era despachante na empresa de Curwen, Weeden fez perguntas casuais até descobrir onde Green fora enterrado. Naquela noite, um grupo de dez homens fez uma visita ao antigo North Burying Ground, em frente à Herrenden's Lane, e eles abriram um túmulo. Descobriram que estava vazio, exatamente como esperavam.

Neste ínterim, fizeram um acordo com os carteiros para interceptar a correspondência de Joseph Curwen e, um pouco antes do incidente com o corpo nu, encontraram uma carta de um tal Jedediah Orne, de Salem, que levou os cidadãos colaboradores a refletir profundamente. Seguem alguns trechos dela, copiados e preservados nos arquivos particulares da família Smith, onde Charles Ward os encontrou.

> "É um prazer saber que você continua a trabalhar nos Antigos Assuntos em seu Caminho, e não pense que se fez melhor na vila de Salem de Mr. Hutchinson. Certamente só existe o mais vivo Horror no que H. levantou e no que pudemos juntar de apenas uma parte. O que você enviou não Funcionou, ou porque falta Algo ou porque as Palavras não estavam Corretas quando eu falei ou você copiou. Estou sozinho e perdido. Não tenho a arte da Química para seguir Borellus e estou confuso com o Livro VII do *Necronomicon* que você recomendou. Mas gostaria que você Observasse o que nos foi dito a respeito de tomar Cuidado com a pessoa que vai convocar, pois você é Sensível ao que foi escrito por Mr. Mather no Magnalia de ——————, e pode julgar até que ponto é verdadeira a coisa Medonha relatada. Afirmo a você de novo, não convoque Ninguém que não possa dominar; ou seja, Alguém que possa convocar algo contra você, através do qual os Dispositivos mais Poderosos não possam funcionar. Procure o Menor, para que o Maior não queira Responder e comandar mais do que você. Fiquei com medo quando li que você sabia o que Ben Zariatnatmik guardava em sua caixa de ébano, pois estava consciente de quem havia contado a você. E, novamente, peço que me escreva como Jedediah, e não Simon. Nesta Comunidade um Homem não pode viver tanto tempo, e você conhece o meu Plano, de acordo com o qual eu voltei como meu Filho. Espero que me informe sobre o que o Homem Negro aprendeu com Sylvanus Cocidius na Abóboda sob a Muralha Romana, e serei obrigado a emprestar o MS. de que você falou."

Outra carta de Filadélfia, não assinada, provocou o mesmo pensamento, principalmente por causa da seguinte passagem:

> "Vou observar o que você diz a respeito de enviar as Contas apenas por seus Navios, mas nem sempre sabemos quando esperar por eles. Sobre o Assunto conversado, quero apenas mais uma coisa, mas espero que você entenda exatamente. Você me informa que não pode faltar nenhuma Parte se quisermos obter o melhor Efeito, mas você não pode imaginar como é difícil ter certeza. Parece muito Perigoso e Pesado levar a Caixa inteira e, na Cidade (isto é, Igreja de São Pedro, de São Paulo, de Santa Maria ou de Cristo), não se pode fazer de maneira alguma. Mas eu sei que Imperfeições havia no que eu levantei em outubro passado e quantos Espécimes vivos você foi forçado a usar antes de atingir o Modo certo no ano de 1766, por isso vou ser orientado por você em todos os Assuntos. Estou impaciente pela chegada do seu Veleiro e pergunto diariamente por ele no ancoradouro do Sr. Biddle."

A terceira carta suspeita estava numa língua desconhecida, e até mesmo num alfabeto desconhecido. No diário de Smith, encontrado por Charles Ward, foi copiada de forma muito inábil uma única combinação frequentemente repetida de caracteres; as autoridades da Universidade de Brown haviam declarado formalmente ser o alfabeto amárico ou abissínio, embora não reconhecessem as palavras. Nenhuma dessas epístolas foi entregue a Curwen, embora o desaparecimento de Jedediah Orne de Salem, como foi registrado logo depois, tenha demonstrado que os homens de Providence haviam tomado certas providências em silêncio. A Sociedade Histórica da Pensilvânia também tem algumas cartas curiosas recebidas pelo Dr. Shippen a respeito da presença de uma personalidade nociva em Filadélfia. Mas as medidas mais decisivas estavam no ar, e é no conjunto secreto de marinheiros jurados e experientes e de corsários leais nos armazéns de Brown durante a noite que devemos procurar os principais frutos das revelações de Weeden. Aos poucos e seguramente estava se desenvolvendo um plano de campanha que não deixaria vestígio dos mistérios nefastos de Joseph Curwen.

Apesar de todos os cuidados, Curwen sentiu que havia algo no ar. Observou-se que agora ele tinha um olhar extraordinariamente preocupado. Sua carruagem era vista a qualquer hora na cidade e na estrada de Pawtuxet, e aos poucos ele abandonava o ar de genialidade forçada com o qual era visto ultimamente para combater o preconceito da cidade. Uma noite, os vizinhos mais próximos de sua fazenda, os Fenner, notaram um grande facho de luz sendo disparado para o céu através de algumas aberturas no telhado daquela construção de pedra misteriosa com janelas excessivamente estreitas no alto, um acontecimento que logo comunicaram a John Brown em Providence. O senhor Brown se tornara o líder executivo do seleto grupo inclinado pela extirpação de Curwen e informou aos Fenner que algum tipo de ação estava prestes a começar. Achou que isso era necessário por causa da impossibilidade de eles não testemunharem o ataque final e explicou sua estratégia dizendo que sabiam que Curwen era um espião dos funcionários da alfândega de Newport, contra quem a mão de todos os capitães, comerciantes e fazendeiros se levantava aberta ou clandestinamente. Não se sabe ao certo se os vizinhos, que já haviam assistido a tantas coisas estranhas, acreditaram totalmente na história, mas de qualquer modo os Fenner estavam dispostos a associar qualquer maldade àquele homem de maneiras esquisitas. O senhor Brown incumbiu-os de observar a fazenda de Curwen e fazer relatórios regulares de tudo o que acontecesse lá.

5

A probabilidade de que Curwen estivesse de prontidão e tentando fazer alguma coisa inusitada, como sugerido pelo estranho facho de luz, precipitou enfim a ação tão cuidadosamente criada pelo grupo de cidadãos sérios. De acordo com o diário de Smith, um grupo de cerca de cem homens se reuniu às dez horas da noite na sexta-feira, dia 12 de abril de 1771, na grande sala da Taverna de Thurston, no Sign of the Golden Lion, em Weybosset Point, do outro lado da ponte. Do grupo orientador de homens proeminentes, além do líder, John Brown, estavam presentes o Dr. Bowen, com sua mala de instrumentos cirúrgicos, o Presidente Manning, sem a grande peruca de magistrado (a maior de todas as colônias) pela qual era conhecido, o Governador Hopkins, enrolado em sua capa escura e acompanhado por seu irmão navegador, Esek, que fora iniciado nos mistérios no último minuto com a permissão dos restantes, John Carter, o Capitão Mathewson e o Capitão Whipple, que deveria liderar o grupo de ataque real. Esses chefes fizeram uma conferência particular numa sala dos fundos, após a qual o Capitão Whipple entrou no salão e passou aos marinheiros reunidos seus últimos juramentos e instruções. Eleazar Smith estava com os líderes quando estes se sentaram no cômodo dos fundos, aguardando a chegada de Ezra Weeden, cuja tarefa era controlar Curwen e informar a saída de sua carruagem para ir à fazenda.

Por volta das dez e meia, ouviu-se um estrondo na Great Bridge, acompanhado pelo som de uma carruagem lá fora, na rua, e àquela hora não havia necessidade de esperar por Weeden para saber que o condenado partira para a sua última noite de magia profana. Um pouco depois, conforme a carruagem acuada ressoava fracamente na Muddy Dock Bridge, Weeden apareceu, e os atacantes silenciosamente se puseram em formação militar na rua, descansando no ombro os arcabuzes, escopetas e arpões de pesca que tinham consigo. Weeden e Smith estavam com o grupo e, dos cidadãos decisivos, se apresentaram para o serviço ativo o Capitão Whipple, o líder, o Capitão Esek Hopkins, John Carter, o Presidente Manning, o Capitão Mathewson e o Dr. Bowen, juntamente com Moses Brown, que chegara às onze horas e, portanto, não participara da sessão preliminar na taverna. Todos esses homens livres e seus cem marinheiros começaram sem demora a longa marcha, inexoráveis e ligeiramente apreensivos à medida que deixavam a Muddy Dock para trás e subiam a ladeira suave da Broad Street em direção à estrada de Pawtuxet. Logo após a igreja de Elder Snow, alguns dos homens viraram para trás para dar uma olhada em Providence, que repousava estendida sob as primeiras estrelas da primavera, com suas torres e cumeeiras rosa escuro e bem proporcionadas. Uma brisa salgada varreu suavemente a partir da enseada norte da ponte. Vega vinha subindo sobre a grande colina do outro lado da água, onde as copas das árvores eram cortadas pela silhueta do telhado do edifício inacabado da faculdade. No pé daquela colina, e ao longo das estreitas trilhas de suas encostas, a sonhada cidade velha, Old Providence, para cuja segurança e sanidade uma blasfêmia monstruosa e gigantesca estava prestes a ser aniquilada.

Uma hora e quinze minutos depois, os atacantes chegaram, como previamente combinado, à fazenda dos Fenner, onde ouviram um relatório final sobre a vítima. Ele chegara à fazenda cerca de uma hora e meia antes, e a estranha luz logo começou a disparar novamente para o céu, mas não havia luz em qualquer uma das janelas visíveis. Acontecia sempre assim ultimamente. No momento em que eram dadas essas notícias, outro grande clarão surgiu ao sul, e o grupo percebeu que realmente chegara perto da cena de enigmas impressionantes e não naturais. O Capitão Whipple organizou sua força em três divisões separadas, uma de vinte homens, sob o comando de Eleazar Smith, que iria atacar pela costa e proteger o local de desembarque contra possíveis reforços para Curwen, até ser chamada por um mensageiro para um serviço desesperado; a segunda, de vinte homens, sob o comando do Capitão Esek Hopkins, deveria se mover para o vale do rio atrás da fazenda de Curwen e destruir com machados ou pólvora a porta de carvalho na alta ribanceira; e a terceira iria se aproximar da casa e construções adjacentes. Deste último grupo, um terço deveria ser liderado pelo Capitão Mathewson até o misterioso edifício de pedra com janelas altas e estreitas, outro terço acompanharia o próprio Capitão Whipple à casa principal da fazenda, e o terço restante manteria um círculo em volta do grupo completo de construções até ser convocado por um sinal de emergência final.

O grupo do rio destruiria a porta de carvalho na encosta da colina ao ouvir um apito; e então esperaria e capturaria qualquer coisa que pudesse sair por lá. Ao som de dois apitos, ele avançaria pela abertura para enfrentar o inimigo ou se juntar ao resto do contingente de ataque. O grupo da casa de pedra agiria aos mesmos sinais de modo parecido, forçando a entrada no primeiro e no segundo, descendo por qualquer passagem que descobrissem no solo, juntando-se à luta geral ou focalizada esperada nas cavernas. Um terceiro sinal, ou sinal de emergência, de três apitos convocaria imediatamente a reserva de sua posição de proteção, e seus vinte homens seriam divididos em números iguais e entrariam nas profundezas desconhecidas pela fazenda e pela construção de pedra. O Capitão Whipple acreditava piamente que havia catacumbas e não aceitou nenhuma outra consideração alternativa ao fazer seus planos. Trazia consigo um apito de grande potência e muito agudo e não temia nenhuma surpresa ou não entendimento dos sinais. O grupo final no atracadouro, obviamente, estava quase fora do alcance do apito, portanto, precisaria de um mensageiro especial caso houvesse necessidade de ajuda. Moses Brown e John Carter foram com o Capitão Hopkins para a margem do rio, enquanto o Presidente Manning foi designado, juntamente com o Capitão

Mathewson, para a construção de pedra. O Dr. Bowen e Ezra Weeden ficaram no grupo do Capitão Whipple, que iria invadir a fazenda. O ataque deveria começar assim que um mensageiro do Capitão Hopkins se juntasse ao Capitão Whipple para avisar que o grupo do rio estava de prontidão. O líder então daria o aviso de um único apito e os vários grupos de frente começariam um ataque simultâneo nos três pontos. Um pouco antes da uma da madrugada, as três divisões saíram da fazenda dos Fenner, uma para proteger o atracadouro, outra para ir ao vale do rio e procurar a porta na encosta da colina, e a terceira para se subdividir e observar a casa da fazenda Curwen.

Eleazar Smith, que acompanhava o grupo de proteção da costa, registra em seu diário uma marcha corriqueira e uma longa espera no penhasco da baía, quebrada apenas pelo que pareceu ser o som distante do apito e, de novo, por uma combinação estranha de rugidos e gritos e uma explosão de pólvora que parecia vir da mesma direção. Mais tarde, um homem achou ter ouvido alguns tiros distantes e mais tarde ainda, o próprio Smith sentiu a palpitação das titânicas e trovejantes palavras que ressoavam no ar acima. Foi pouco antes do amanhecer que um único mensageiro desfigurado, com olhos esgazeados e um cheiro desconhecido e asqueroso nas roupas, apareceu e falou para o destacamento se dispersar tranquilamente, ir para suas casas e nunca mais pensar ou falar sobre os fatos daquela noite ou sobre a pessoa que fora Joseph Curwen. Alguma coisa na postura do mensageiro transmitiu uma convicção que suas simples palavras jamais seriam capazes de comunicar, pois, embora fosse um marinheiro bem conhecido de vários deles, havia algo obscuramente perdido ou ganho em sua alma que o isolaria para sempre. Aconteceu o mesmo mais tarde, quando encontraram antigos companheiros que haviam ido àquela zona de horror. A maioria deles perdera ou ganhara algo imponderável e indescritível. Haviam visto ou ouvido ou sentido algo que não cabia às criaturas humanas, e não poderiam jamais esquecer. Nunca se ouviu nada deles, pois mesmo para os instintos mortais mais comuns existem limites terríveis. E, desse único mensageiro, o grupo da margem captou um terror inominável que quase selou seus próprios lábios. Foram muito poucas as notícias que vieram de todos eles, e o diário de Eleazar Smith é o único registro escrito que sobreviveu de toda a expedição que partiu do Sign of the Golden Lion sob as estrelas.

Charles Ward, contudo, descobriu uma informação adicional em algumas cartas de Fenner que encontrou em New London. Por elas ficou conhecendo outro ramo da família. Parece que os Fenner, de cuja casa a fazenda amaldiçoada era visível a distância, haviam observado a partida das colunas de ataque e ouvido com clareza os latidos raivosos dos cães de Curwen, seguidos pela primeira explosão aguda que precipitou o ataque. Essa explosão foi acompanhada por uma série de grandes fachos de luz saindo da construção de pedra e, em outro momento, após o rápido apito do segundo sinal que ordenava uma invasão geral, veio o matraquear dos mosquetes acompanhado por um grito ou rugido, que o missivista Luke Fenner representou em sua carta com os caracteres "Waaaahrrrrr-R'waaahrrr". Esse grito, no entanto, tinha uma característica que uma simples palavra não seria capaz de comunicar, e o missivista menciona que sua mãe caiu desmaiada no chão. Mais tarde ele se repetiu um pouco mais baixo e mais distante, mas então vieram evidências mais abafadas de tiros, junto com uma explosão de pólvora, na direção do rio. Cerca de uma hora depois, todos os cães começaram a latir terrivelmente e ouviram-se na terra rumores tão marcantes que os castiçais em cima da lareira balançaram. Sentiram um forte cheiro de enxofre, e o pai de Luke Fenner declarou ter ouvido o terceiro sinal do apito, ou o sinal de emergência, embora ninguém mais o tenha detectado. Os mosquetes abafados soaram novamente, acompanhados por um guincho profundo e penetrante, ainda mais medonho que os que o precederam, uma espécie de tosse ou gorgolejo gutural, obsceno, cuja característica de guincho deve ter vindo mais de sua continuidade e importância psicológica do que de seu valor acústico real.

Então a coisa flamejante explodiu no ponto em que deveria estar a fazenda de Curwen, ouviram-se gritos de homens desesperados e aterrorizados, mosquetes faiscaram e crepitaram e a coisa flamejante caiu no chão. Uma segunda labareda apareceu e o grito esganiçado de origem humana foi claramente ouvido. Fenner escreveu que conseguiu até mesmo colher algumas palavras histéricas: "Todo-poderoso, protegei vosso cordeiro!" Então houve mais tiros e a segunda coisa flamejante caiu. Depois disso, tudo foi silêncio por cerca de quase uma hora e, ao final desse tempo, o pequeno Arthur Fenner, irmão de Luke, exclamou que viu "uma névoa vermelha" indo da amaldiçoada fazenda distante para as estrelas. Ninguém, além do menino, foi capaz de testemunhar isso, mas Luke admite a coincidência significativa implícita no pânico quase convulsivo que no mesmo instante arqueou as costas e enrijeceu o pelo dos três gatos que estavam na sala.

Após cinco minutos, soprou um vento gelado e o ar ficou embebido de um fedor intolerável, que somente a forte brisa do mar pode ter evitado que fosse notado pelo grupo da costa ou por almas insones na aldeia de Pawtuxet. Esse fedor não se parecia com nada que nenhum dos Fenner havia jamais sentido e produziu uma espécie de terror apertado, amorfo, e ia além daquele do túmulo ou do ossuário. Ao mesmo tempo veio a voz medonha que nenhum dos infelizes que ouviu irá esquecer. Trovejou no céu como uma desgraça e as janelas chacoalharam à medida que seus ecos morriam. Era profunda e musical, poderosa como um órgão grave, mas má como os livros proibidos dos árabes. O que ela disse nenhum homem pode contar, porque disse numa língua desconhecida, mas foi isso que Luke Fenner escreveu para retratar as entonações demoníacas: "DEESMEES-JESHET-BONE DOSEFE DUVEMA-ENITEMOSS". Até 1919 nenhuma alma foi capaz de ligar essa transcrição tosca a qualquer coisa que pertença ao conhecimento dos mortais, mas Charles Ward empalideceu ao reconhecer o que o filósofo Mirandola denunciara, estremecendo, como o horror supremo dos encantamentos da magia negra.

Um grito indiscutivelmente humano ou um guincho em coro profundo pareceu responder a esse enigma maligno que veio da fazenda de Curwen, após o qual o fedor desconhecido se misturou com outro cheiro igualmente intolerável. Um lamento totalmente diferente do guincho explodiu e se alongou, ululante, em paroxismos crescentes e decrescentes. Em alguns momentos se tornava quase articulado, embora ninguém que o ouvia pudesse distinguir alguma palavra definida e, num determinado ponto, pareceu beirar os confins de uma risada diabólica e histérica. Então um urro de terror supremo, expresso, e de loucura consumada escapou de gargantas humanas — um urro que chegou forte e claro, apesar da profundidade de onde deve ter explodido. Em seguida, escuridão e silêncio reinaram sobre todas as coisas. Espirais de fumaça acre subiram e apagaram as estrelas, embora não houvesse chamas e nenhuma construção tivesse sido destruída ou danificada, conforme se observou no dia seguinte.

Perto do amanhecer, dois mensageiros aterrorizados, com as roupas saturadas de um cheiro monstruoso e irreconhecível, bateram à porta dos Fenner e pediram um barril de rum, pelo qual pagaram muito bem na realidade. Um deles disse à família que a história de Curwen terminara e que não deviam mencionar os acontecimentos daquela noite a ninguém. Embora a ordem fosse arrogante, a aparência daquele que a transmitiu acabou com todo o ressentimento e deu lugar a uma autoridade terrível, de modo que sobraram apenas as furtivas cartas de Luke Fenner, que ele rogou ao parente de Connecticut que destruísse, para contar o que foi visto e ouvido. O não cumprimento do pedido por parte desse parente, pelo qual as cartas foram poupadas afinal, foi a que não proporcionou ao assunto um esquecimento misericordioso.

Charles Ward tinha um detalhe a acrescentar, como consequência de um longo trabalho dos moradores de Pawtuxet por tradições ancestrais. O velho Charles Slocum daquela aldeia contou que seu avô comentava sobre um boato estranho a respeito de um corpo queimado e distorcido encontrado nos campos uma semana depois de a morte de Joseph Curwen ter sido divulgada. O que manteve a conversa viva foi a opinião geral de que esse corpo, até onde se podia ver naquela condição queimada e retorcida, não era nem perfeitamente humano nem inteiramente relacionado a qualquer animal que a população de Pawtuxet jamais vira ou sobre o qual lera a respeito.

6

Nenhum dos homens que participou daquele terrível ataque jamais foi induzido a dizer uma palavra sobre ele, e todos os fragmentos das vagas informações sobreviventes vêm dos que não participaram do grupo de luta. Existe algo de horripilante no cuidado com que esses atacantes reais destruíram todos os vestígios que fizessem a mínima alusão ao assunto. Oito marinheiros foram mortos, mas, embora seus corpos não houvessem sido encontrados, as famílias ficaram satisfeitas com a declaração de que houvera um conflito com os funcionários das fronteiras. A mesma declaração abrangeu diversos casos de feridos, sendo que foram todos amplamente enfaixados e tratados apenas pelo Dr. Jabez Bowen, que acompanhara o grupo. Mais difícil foi explicar o cheiro irreconhecível que impregnou todos os atacantes, uma coisa sobre a qual se conversou durante semanas. Dos cidadãos líderes, o Capitão Whipple e Moses Brown foram os mais gravemente feridos, e as cartas de suas esposas testemunham o desconcerto produzido pelas reticências e pela proteção cerrada das bandagens. Psicologicamente, todos os participantes envelheceram de repente e ficaram sérios e abalados. Por sorte eram todos homens fortes, acostumados à ação, e religiosos simples e ortodoxos, pois se tivessem mais introspecção sutil e complexidade mental, certamente teriam adoecido. O Presidente Manning foi quem ficou mais perturbado, mas até ele superou a sombra mais escura e sufocou as lembranças em orações. Cada um daqueles líderes tinha um papel emocionante a cumprir nos anos seguintes, e talvez tenha sido uma sorte que fosse assim. Pouco depois de um ano, o Capitão Whipple liderou o tumulto que incendiou o navio *Gaspee* e, nesse ato audacioso, podemos perceber um passo para erradicar as lembranças nocivas.

Foi entregue à viúva de Joseph Curwen um caixão de chumbo fechado, de um modelo curioso, obviamente comprado pronto no local, quando necessário, com a afirmação de que o corpo do seu marido jazia ali dentro. Foi-lhe explicado que ele fora morto durante uma batalha de fronteiras, sobre a qual não seria político dar mais detalhes. Além disso, nenhuma boca jamais se referiu ao fim de Joseph Curwen, e Charles Ward tinha apenas uma pista para construir uma teoria. Essa pista era a mais simples — o sublinhado precário de uma passagem na carta confiscada de Jedediah Orne a Curwen, conforme parcialmente copiada na letra cursiva de Ezra Weeden. A cópia foi encontrada em posse dos descendentes de Smith, e aqui nós é que temos decidir se Weeden a deu a seu companheiro após o final, como uma pista silenciosa para a anormalidade que ocorrera, ou se, o que é mais provável, Smith estava com ela antes e sublinhou, ele mesmo, a partir do que conseguiu arrancar do amigo por meio de adivinhações astutas e perguntas engenhosas. A passagem sublinhada é apenas esta:

> *"Repito novamente, não convoque Nada que você não possa destruir, e com isso quero dizer Algo que possa por sua vez invocar algo contra você, pelo qual seus artifícios mais poderosos podem ser inúteis. Convoque o Menor, para que o Maior não queira responder e possa Comandar mais do que você."*

À luz dessa passagem, e refletindo sobre os aliados não mencionáveis que um homem derrotado poderia tentar convocar em seu extremo mais aterrorizante, Charles Ward bem pode ter se perguntado se algum cidadão de Providence matou Joseph Curwen.

A supressão, da vida e dos registros de Providence, de todas as lembranças do defunto foi amplamente ajudada pela influência dos líderes do ataque. No início não pensaram em ser tão minuciosos e permitiram que a viúva, seu pai e filha permanecessem na ignorância das verdadeiras condições, mas o Capitão Tillinghast era um homem astuto e logo descobriu histórias suficientes para aguçar seu horror e levá-lo a pedir que a filha e a neta mudassem de nome, a queimar a biblioteca e todos os documentos que sobraram e a cinzelar a inscrição da laje sobre o túmulo de Joseph Curwen. Ele conhecia bem o Capitão Whipple e provavelmente arrancou mais pistas do marinheiro farsante e ninguém mais ouviu falar do fim do feiticeiro maldito.

Daquela época em diante, a erradicação da lembrança de Curwen ficou cada vez mais rígida, estendendo-se até, por consenso geral, aos registros da cidade e arquivos da *Gazette*. Em essência, isso pode ser comparado ao silêncio que caiu sobre o nome de Oscar Wilde durante uma década após sua desgraça e, em grau, apenas ao destino daquele rei pecador de Runazar, no conto de Lord Dunsany, que Deus decidiu que não apenas deveria deixar de existir mas também deixar de ter jamais existido.

A senhora Tillinghast, como a viúva ficou conhecida após 1772, vendeu a casa em Olney Court e morou com o pai em Power's Lane até morrer em 1817. A fazenda de Pawtuxet, evitada por todas as almas vivas, deteriorou-se com o correr dos anos e pareceu decair com uma rapidez inexplicável. Em 1780 apenas as pedras e alvenaria continuavam de pé e, em 1800, até mesmo elas caíram em pilhas disformes. Ninguém se aventurava a abrir o matagal caótico na margem do rio, atrás do qual a porta da encosta da colina poderia estar derrubada, nem a tentar formar uma imagem definida das cenas em meio às quais Joseph Curwen abandonou os horrores que provocara.

Apenas os mais atentos ouviram o robusto Capitão Whipple resmungar uma vez para si mesmo, "Que a calamidade caia sobre aquele ------, mas ele não tinha que rir enquanto guinchava. Foi como se o maldito ------ tivesse algo escondido na manga. Por meia coroa eu teria queimado sua ------ casa".

capítulo III

uma procura e uma evocação

1

Charles Ward, como se disse, em 1918 descobriu que descendia de Joseph Curwen. Não é de se estranhar, portanto, que tenha se interessado imediatamente por tudo o que dizia respeito a esse antigo mistério. Sendo assim, todos os vagos boatos que ouvira sobre Curwen agora se tornaram algo vital para ele, já que nas veias de ambos corria o mesmo sangue. Nenhum genealogista disposto e imaginativo teria feito outra coisa que não dar início no mesmo instante a um levantamento ávido e sistemático das informações sobre Curwen.

Em suas primeiras investigações ele não fez a menor tentativa de manter segredo, de forma que até o Dr. Lyman hesitava em datar a loucura do jovem a partir de um período anterior ou próximo a 1919. Conversava abertamente com a família — embora sua mãe não ficasse particularmente satisfeita com o fato de ter um ancestral como Curwen — e com os funcionários dos diversos museus e bibliotecas que visitou. Ao entrar em contato com famílias que imaginava possuírem registros, não ocultou seu objetivo e compartilhou o ceticismo ligeiramente divertido com que os relatos dos antigos escritores de diários eram considerados. Com frequência expressou uma admiração interessada com o que realmente ocorrera um século e meio antes na fazenda de Pawtuxet, cujo local tentou em vão encontrar, e com o que fora realmente Joseph Curwen. Quando topou com o diário e os arquivos de Smith e encontrou a carta de Jedediah Orne, decidiu visitar Salem e pesquisar as antigas atividades e conexões de Curwen por lá, o que fez durante o feriado da Semana Santa de 1919. No Instituto de Essex, que conhecia bem por ter residido temporariamente na glamorosa antiga cidade dos Puritanos, com cumeeiras desabando e telhados gambrel agrupados, foi muito bem recebido e desenterrou uma quantidade considerável de informações sobre Curwen. Descobriu que seu antepassado nasceu na Vila de Salem, atualmente chamada Danvers, a cerca de dez quilômetros da cidade, no dia 18 de fevereiro de 1662 ou 1663 (O.S.), que se fez ao mar com a idade de quinze anos e ficou sem aparecer de novo durante nove anos, quando voltou com o discurso, vestimentas e maneirismos de um inglês nativo e se estabeleceu na própria Salem. Na época, tinha pouco a ver com sua família e passava a maior parte do tempo com os curiosos livros que trouxera da Europa e os estranhos produtos químicos que chegavam para ele em navios da Inglaterra, França e Holanda. Certas viagens que fazia ao interior eram motivo de muita curiosidade local e associadas, em sussurros, aos vagos boatos de fogueiras nas colinas durante as noites.

Os únicos amigos íntimos de Curwen haviam sido um tal de Edward Hutchinson, de Salem-Village, e um Simon Orne, de Salem. Era visto com frequência conferenciando com esses homens sobre o Common e visitas recíprocas não eram raras. Hutchinson tinha uma casa bem afastada, perto dos bosques, que não era totalmente apreciada pelos habitantes sensíveis por causa dos sons que lá se ouviam à noite. Diziam que hospedava estranhos visitantes, e as luzes vistas nas janelas não tinham sempre a mesma cor. O conhecimento que exibia sobre pessoas mortas e acontecimentos esquecidos há muito tempo era considerado doentio; e ele desapareceu no período em que teve início o pânico da bruxaria. Naquela época, Joseph Curwen também partiu, mas logo ficaram sabendo que estava instalado em Providence. Simon Orne morou em Salem até 1720, quando o fato de não sofrer um envelhecimento visível começou a chamar muita atenção. Depois disso, ele desapareceu, embora trinta anos mais tarde sua cópia exata, e pretenso filho, tenha voltado para reclamar suas posses. A demanda foi concedida com base nos documentos escritos com a letra de Simon Orne, e Jedediah Orne continuou a viver em Salem até 1771, quando certas cartas enviadas pelos cidadãos de Providence ao Reverendo Thomas Barnard e outros resultaram na sua silenciosa mudança para lugares desconhecidos.

Certos documentos sobre todos esses estranhos personagens estavam disponíveis no Instituto de Essex, no Tribunal e no Cartório de Registros, e incluíam tanto lugares comuns inofensivos, como títulos de terras e recibos de vendas, quanto fragmentos furtivos de uma natureza mais provocativa. Havia quatro ou cinco alusões inequívocas a eles nos registros de ensaios de bruxarias, como quando um Hepzibah Lawson jurou, no dia 10 de julho de 1692, no Tribunal de Oyer e Terminer, presidido pelo Juiz Hathorne, que "quarenta bruxas e o Homem Negro estavam indo se encontrar nos Bosques atrás da casa do senhor Hutchinson", e um certo Amity How declarou, numa sessão do dia 8 de agosto diante do Juiz Gedney, que "o senhor G.B. (Reverendo George Burroughs) naquela noite pôs sua Marca do Demônio sobre Bridget S., Jonathan A., *Simon O.*, Deliverance W., *Joseph C.*, Susan P., Mehitable C. e Deborah B."

Havia um catálogo da misteriosa biblioteca de Hutchinson, encontrado após seu desaparecimento, e um manuscrito inacabado com sua letra, redigido em códigos que ninguém foi capaz de ler. Ward mandou fazer uma cópia fotostática desse manuscrito e começou a trabalhar ao acaso nos códigos assim que lhe foi entregue. Após o mês de agosto seguinte, seu trabalho nos códigos se tornou intenso e febril, e existe uma razão para se acreditar, com base em seu discurso e conduta, que ele descobriu a chave do código antes de outubro ou novembro. Ele nunca declarou, contudo, se teve sucesso ou não.

Mas o que despertou interesse imediato foi o material de Orne. Ward levou pouco tempo para provar, pela identidade da caligrafia, uma coisa que já considerara estabelecida com base no texto da carta de Curwen, ou seja, que Simon Orne e seu pretenso filho eram uma única pessoa. Conforme Orne dissera a seu correspondente, não era muito seguro viver tempo demais em Salem, portanto, ele recorreu a uma permanência de trinta anos afastado de lá e voltou para reclamar suas terras como um representante de uma nova geração. Orne aparentemente fora hábil em destruir a maioria de sua correspondência, mas os cidadãos que agiram em 1771 descobriram e conservaram algumas cartas e documentos que excitaram sua imaginação. Havia fórmulas e diagramas ocultos em suas mãos e nas mãos de outros, que Ward também copiou cuidadosamente ou fotografou, e uma carta extremamente misteriosa em uma quirografia que o pesquisador reconheceu, com base em documentos do Cartório de Registros, como pertencendo positivamente a Joseph Curwen.

Embora não mencionasse o ano, essa carta de Curwen evidentemente não era aquela em resposta à missiva escrita por Orne que fora confiscada e, a partir de evidências internas, Ward datou-a como próxima ao ano de 1750. Talvez não seja errôneo transcrever o texto completo, como uma amostra do estilo de alguém cuja história foi tão sinistra e terrível. O destinatário é mencionado como "Simon", mas uma linha (que Ward não foi capaz de dizer se foi feita por Curwen ou Orne) risca a palavra.

Providence, 1º de maio (Ut. vulgo)

Irmão: —

Meu caríssimo Velho Amigo, o meu mais profundo Respeito e antecipado Desejo a Este que servimos para o Poder eterno. Acabei de descobrir o que você necessita saber a respeito do Assunto da Última Extremidade e o que fazer a esse respeito. Não estou disposto a acompanhá--lo em sua mudança para longe, em vista dos meus anos de vida, pois Providence não possui a sutileza da Baía para se ir atrás de Coisas incomuns e trazer para testes. Estou amarrado a Navios e Mercadorias e não poderia fazer o que você fez e, além disso, a minha Fazenda em Pawtuxet tem por baixo o que você já conhece, e não iria esperar até a minha volta como um Outro. Mas não estou pronto para arriscar muito, como lhe disse, já trabalhei durante muito tempo no caminho de volta após o Último. Na noite de ontem comecei as palavras que trazem à luz YOGGE-SOTHOTHE e, pela primeira vez, vi aquele Rosto mencionado por Ibn Schacabao no ——————. E foi dito que o terceiro Salmo no Liber-Damnatus contém a Clavícula. Com o Sol na Casa Cinco e Saturno em Trígono, desenhei o Pentagrama do Fogo e disse o nono Verso três vezes. Esse Verso se repete em todas as Festas da Exaltação da Santa Cruz e nos Halloweens, e a Coisa vai se alimentar nas Esferas Externas.

E da Semente do Antigo deverá nascer Aquele que deverá olhar para Trás, mesmo sem conhecer o que procura.

Embora isso não signifique nada se não houver Herdeiro e se os Sais, ou a Maneira de fazer os Sais, não estiverem prontos em suas mãos, e aqui, devo dizer, não fiz as etapas necessárias, nem encontrei muita coisa. O acesso ao processo é bastante difícil e consumi um estoque tão grande de Espécimes que me será difícil juntar de novo o suficiente, não obstante os Marinheiros que eu trouxe das Índias. A População está começando a ficar curiosa, mas posso mantê-la afastada. A pequena Nobreza é pior que a Gentalha, pois é mais Circunstancial em seus Atos e acredita mais no que fala. Temo que aquele Pároco e o senhor Merritt tenham dito alguma coisa, mas até agora não há Perigo. É fácil conseguir as Substâncias Químicas, pois há dois bons químicos na Cidade, o doutor Bowen e Sam Carew. Estou seguindo o que Borellus disse e tive a ajuda do Livro VII de Abdool Al-Hazred. Seja o que for que eu encontre, você o terá. E, enquanto isso, não deixe de usar as Palavras que aqui indiquei. Estão certas, mas se você Desejar vê-LO, use o que está escrito na Peça de ------, que estou colocando neste Pacote. Diga os Versos em todas as Festas da Exaltação da Santa Cruz e nos Halloweens, e se a linha não aparecer, *deverá surgir alguém nos próximos anos que olhará para trás e usará os Sais, ou as Coisas para os Sais, que você deixará para ele*. Jó 14, 14.

Regozijo-me por você estar em Salem novamente e espero vê-lo em breve. Tenho um bom Garanhão e estou pensando em comprar uma carruagem, pois já existe uma (a de Mr. Merritt) em Providence, embora as Estradas sejam ruins. Se estiver com disposição de Viajar, não se esqueça de mim. De Boston pegue a Post Road, atravessando Dedham, Wrentham e Attleborough. Há boas Tavernas nessas cidades. Fique na de Mr. Bolcom, em Wrentham, pois lá as camas são melhores do que na de Mr. Hatch, mas coma nesta última Casa, porque a comida é melhor. Vire para Providence perto das Quedas de Pawtuxet e na Estrada depois da Taverna de Mr. Sayles.

A minha Casa fica em frente à Taverna de Mr. Epenetus Olney, na Towne Street, 1, a norte da Olney's Court. A distância do centro de Boston é de aproximadamente setenta quilômetros.

Seu antigo e verdadeiro Amigo e Servo em Almousin-Metraton

Josephus C.

Para Mr. Simon Orne,
William's-Lane, Salem

Esta carta bastante estranha foi o que proporcionou pela primeira vez a Ward a exata localização da casa de Curwen em Providence, pois todos os registros encontrados até então não eram absolutamente específicos. Tal descoberta era duplamente impressionante porque indicava que a nova casa de Curwen, construída em 1761 no mesmo lugar da antiga, era uma construção dilapidada que ainda podia ser vista na Olney Court, e bem conhecida por Ward em suas andanças pelos antiquários da Stamper's Hill. O local, na realidade, ficava apenas a algumas quadras de sua própria casa, nas terras mais altas da grande colina, e era agora a moradia de uma família negra muito estimada para serviços eventuais de lavanderia, faxina e supervisão de fornos. Encontrar na distante Salem uma prova tão repentina da importância dessa espelunca em sua própria história de família causou uma profunda impressão em Ward, e ele resolveu explorar o local assim que voltasse. As frases mais místicas da carta, que ele acreditou serem algum tipo extravagante de simbolismo, francamente o deixaram atônito, embora observasse com um tremor de curiosidade que a passagem bíblica mencionada — Jó 14, 14 — era o verso familiar "Morrendo o homem, porventura tornará a viver? Todos os dias de meu combate esperaria, até que viesse minha mudança".

2

O jovem Ward ficou num estado agradável de excitação e passou o sábado seguinte num longo e exaustivo estudo da casa em Olney Court. O local, agora desmoronando com a idade, nunca fora uma mansão, mas uma casa urbana de madeira de dois andares com mansarda, do tipo colonial comum em Providence, com telhados pontiagudos, uma grande chaminé central e uma porta artisticamente entalhada com basculantes raiados, frontão triangular e pilastras dóricas em boas condições. Externamente sofrera pequenas mudanças, e Ward sentiu que estava fitando algo muito próximo aos assuntos sinistros de sua busca.

Conhecia os atuais moradores negros e o interior lhe foi mostrado com toda a cortesia pelo velho Asa e sua corpulenta mulher, Hannah. Aqui havia mais mudanças do que indicava o exterior, e Ward viu com pesar que a metade completa das delicadas cornijas de lareira decoradas com arabescos e urnas e as guarnições dos armários esculpidas em conchas haviam sido destruídas, enquanto a maioria dos delicados lambris e refinadas sancas estava marcada, mutilada e arrancada, ou totalmente coberta por um papel de parede barato. De uma maneira geral, a pesquisa não produziu tanto quanto Ward esperava, mas ao menos foi excitante estar entre as paredes ancestrais que abrigaram um homem tão horrível quanto Joseph Curwen. Viu, com emoção, que um monograma fora cuidadosamente apagado da antiga aldrava de bronze.

A partir dessa época até o fechamento da escola, Ward passou o tempo todo sobre a cópia fotostática do código de Hutchinson e acumulando informações locais sobre Curwen. A primeira ainda se mostrava improdutiva, mas pelas últimas obteve tanta coisa e tantas pistas para informações parecidas em outros lugares, que em julho estava pronto para fazer uma viagem a New London e Nova York e consultar cartas antigas, cujas presenças foram indicadas nessas cidades. Essa viagem foi bastante frutífera, pois lhe trouxe as cartas de Fenner, com sua terrível descrição do ataque à fazenda de Pawtuxet, e as cartas de Nightingale-Talbot, pelas quais ficou sabendo do retrato pintado em um painel da biblioteca de Curwen. O assunto desse retrato interessou-o particularmente, pois estava disposto a dar tudo para saber como era Joseph Curwen, tanto que decidiu fazer uma segunda busca na casa da Olney Court para ver se poderia haver algum vestígio dos antigos traços sob as camadas descascadas da última pintura ou do papel de parede mofado.

Essa pesquisa foi feita no início de agosto e Ward verificou cuidadosamente as paredes de todas as salas que tinham tamanho suficiente para ter sido uma possível biblioteca do construtor diabólico. Deu atenção especial aos grandes painéis que ainda restavam sobre as cornijas das lareiras e ficou sutilmente animado após cerca de uma hora, quando, numa ampla área acima da lareira de uma espaçosa sala do térreo, teve certeza de que a superfície que apareceu depois de descascar diversas camadas de tinta era sensivelmente mais escura do que qualquer outra pintura interna ou que a madeira abaixo deveria ser. Alguns testes um pouco mais cuidadosos com uma faca fina e viu que encontrara um enorme retrato a óleo. Com uma moderação verdadeiramente acadêmica, o jovem não correu o risco que uma tentativa imediata de descobrir a pintura antiga poderia provocar, mas apenas se retirou da cena da descoberta para recrutar a ajuda de um perito. Três dias depois, ele retornou com um artista de longa experiência, Mr. Walter C. Dwight, cujo estúdio fica perto do sopé da College Hill, e aquele consumado restaurador de quadros começou a trabalhar imediatamente com métodos e substâncias químicas adequados. O velho Asa e sua mulher ficaram devidamente excitados com seus estranhos visitantes e foram, devidamente também, pagos por aquela invasão do seu lar.

À medida que o trabalho de restauração progredia dia após dia, Charles Ward observava com um interesse cada vez maior as linhas e sombras que se revelavam gradativamente após um longo esquecimento. Dwight começara pela parte inferior, portanto, uma vez que a imagem era de três quartos de comprimento, o rosto demorou algum tempo para aparecer. Enquanto isso, viu-se que o sujeito era um homem magro e bem constituído, que vestia um casaco azul-escuro, colete bordado, calções de cetim preto e meias brancas de seda, estava sentado numa cadeira entalhada, com uma janela por trás e um cais e navios ao fundo. Quando a cabeça apareceu, observaram que usava uma elegante peruca Albemarle e possuía um rosto fino, calmo e comum, que pareceu familiar tanto a Ward quanto ao artista. Apenas no momento final, contudo, o restaurador e seu cliente começaram a intuir, espantados, os detalhes daquele rosto magro e pálido e a reconhecer com um toque de terror a peça dramática pregada pela hereditariedade. Pois bastou o banho de óleo final e o golpe final do delicado raspador para mostrar totalmente a expressão escondida há séculos e confrontá-la com o atônito Charles Dexter Ward, habitando no passado, com suas próprias feições vivas no semblante de seu horrível tatara-tatara-tataravô.

Ward trouxe os pais para ver o prodígio que descobrira, e o senhor Ward resolveu imediatamente comprar o retrato, embora estivesse pintado em um painel fixo. A semelhança com o rapaz, apesar de uma aparência um pouco mais velha, era inacreditável, e podia-se ver que, por meio de algum truque do atavismo, os contornos de Joseph Curwen haviam encontrado uma duplicação precisa depois de um século e meio. A semelhança da senhora Ward com seu antepassado não era de forma alguma clara, embora ela se lembrasse de parentes que tinham algumas das características faciais compartilhadas por seu filho e o finado Curwen. Não sentiu prazer com a descoberta e disse ao marido que era melhor queimar o retrato do que trazê-lo para casa. Afirmou que havia algo doentio nele, não apenas intrinsicamente, mas em sua própria semelhança com Charles. O senhor Ward, contudo, era um homem prático de poder e negócios — um fabricante de algodão com grandes fábricas em Riverpoint, no Vale de Pawtuxet —, e não alguém que fosse dar ouvidos a escrúpulos femininos. A pintura o impressionou fortemente por sua semelhança com o filho e achou que o rapaz merecia ganhá-la de presente. Inútil dizer que Charles concordou de coração com essa opinião e, alguns dias mais tarde, o senhor Ward localizou o proprietário da casa — uma pessoa pequena, com aspecto de roedor e um sotaque gutural — e obteve a cornija da lareira completa e a sobrecornija que ostentava o retrato a um preço secamente fixado que interrompeu com brusquidão a torrente iminente de uma negociação untuosa.

Agora só faltava retirar o painel e levá-lo para a casa dos Ward, onde foram tomadas providências para sua completa restauração e instalação com uma falsa lareira no estúdio de Charles, no terceiro andar, ou na biblioteca. Coube a Charles a tarefa de supervisionar a remoção e, no dia 28 de agosto, ele acompanhou dois trabalhadores especializados da firma de decoração Crooker à casa da Olney Court, onde a cornija da lareira e a sobrecornija que ostentava o retrato foram retiradas com grande cuidado e precisão para serem transportadas no caminhão motorizado da empresa. Sobrou um espaço de alvenaria marcando o local da chaminé, e nele o jovem Ward observou um recesso cúbico de cerca de dez centímetros quadrados, que devia ficar situado bem atrás da cabeça do retrato. Curioso sobre o que esse espaço poderia significar ou conter, o jovem se aproximou e olhou para dentro, encontrando atrás das camadas de poeira e fuligem alguns rolos de papel amarelado, um caderno grosso e rústico e uns pedaços de tecido abandonados que deviam ter sido a fita que mantinha tudo amarrado. Soprando a massa de poeira e cinzas, pegou o livro e leu a inscrição em maiúsculas da capa. Estava escrita em uma letra que reconheceu ter visto no Instituto de Essex e proclamava o volume como o *Diário e notas de Jos: Curwen, Cavalheiro das Plantações de Providence, Cidade de Salem*.

Excitado além da medida com a descoberta, Ward mostrou o livro aos dois trabalhadores que estavam ao seu lado. O testemunho deles é definitivo quanto à natureza e genuinidade da descoberta, e o Dr. Willett apoia-se neles para ajudar a estabelecer sua teoria de que o jovem não estava louco quando começou suas principais excentricidades. Todos os outros documentos também estavam escritos com a letra de Curwen e um deles parecia especialmente portentoso graças a seu título: *Para aquele que há de vir, & Como ele pode ultrapassar o tempo & As esferas*.

Um outro estava em código, o mesmo, esperava Ward, que o de Hutchinson, que ainda o intrigava. Um terceiro, e dessa vez o pesquisador regozijou-se, parecia ser uma chave para o código, enquanto o quarto e o quinto estavam endereçados respectivamente a "Edw. Hutchinson, Armeiro, e Jedediah Orne, escudeiro", "ou Seu Herdeiro ou Herdeiros, ou Seus Representantes". O sexto e último estava intitulado *Joseph Curwen, sua vida e viagens nos anos de 1678 a 1687: Para onde ele viajou, onde ficou, quem viu e o que aprendeu*.

3

Chegamos agora ao ponto em que a escola mais acadêmica de alienistas dataria a loucura de Charles Ward. No momento de sua descoberta, o jovem contemplou imediatamente algumas das páginas internas do livro e manuscritos e com certeza viu algo que o impressionou tremendamente. Na realidade, ao mostrar os títulos aos trabalhadores, parecia proteger o texto em si com um cuidado peculiar e trabalhar de maneira tão perturbada que até mesmo a importância arqueológica e genealógica da descoberta dificilmente poderiam explicar. Ao voltar para casa, ele deu a notícia com um ar quase embaraçado, como se quisesse transmitir uma ideia da suprema importância da descoberta sem ter que exibir a evidência. Sequer mostrou os títulos aos pais, apenas disse a eles que encontrara alguns documentos escritos por Joseph Curwen, "a maioria em código", que teriam que ser estudados cuidadosamente antes de poderem fornecer seu verdadeiro significado. É improvável que tivesse mostrado o que mostrara aos trabalhadores se não fosse pela curiosidade indisfarçável deles. Em vista disso, sem dúvida quis evitar qualquer demonstração de reticência peculiar que aumentasse a discussão sobre o assunto.

Naquela noite, Charles Ward sentou em seu quarto e leu o livro e documentos recém-encontrados e não desistiu quando o dia amanheceu. As refeições, pedira urgentemente quando sua mãe quis saber o que estava se passando de errado, foram levadas para ele, e à tarde ele apareceu por apenas alguns instantes quando os homens foram instalar a pintura e a sobrecornija em seu estúdio. Na noite seguinte, dormiu de roupas um sono picado, enquanto lutava febrilmente para desemaranhar o código do manuscrito. De manhã, sua mãe encontrou-o trabalhando na cópia fotostática do código de Hutchinson, que mostrara várias vezes a ela antes. Mas, em resposta à sua pergunta, ele disse que a chave de Curwen não podia ser aplicada desta vez. Naquela tarde, abandonou o trabalho e assistiu fascinado aos homens, à medida que terminavam a instalação da pintura e o trabalho em madeira sobre um cepo elétrico bastante realista, colocando a lareira falsa e a sobrecornija um pouco para fora da parede norte, como se existisse uma chaminé, encaixando as laterais com o painel para adaptar o conjunto à sala. O painel frontal que continha o retrato foi cortado e articulado para dar espaço ao armário atrás dele. Depois que os trabalhadores foram embora, ele levou seu trabalho para o estúdio e sentou-se em frente à pintura, com um olho no código e outro no retrato, que o encarava de volta como um espelho refletindo a lembrança de um século antes.

Relembrando mais tarde seu comportamento durante esse período, os pais forneceram detalhes interessantes sobre a estratégia de disfarce que ele praticava. Antes que os empregados entrassem, raramente escondia qualquer documento que pudesse estar estudando, pois deduzia, com razão, que a letra intricada e arcaica de Curwen seria demais para eles. Com os pais, contudo, era mais circunspecto e, a menos que o manuscrito em questão estivesse em código ou fosse um simples acúmulo de símbolos criptografados e ideogramas desconhecidos (como aquele intitulado *Para aquele que há de vir depois etc.* parecia ser), ele o cobriria com algum documento convencional até que partissem. À noite mantinha os papéis trancados a chave em um antigo gabinete seu, onde também os colocava sempre que saía da sala. Logo retomou horas e hábitos razoavelmente regulares, exceto que suas longas caminhadas e outros interesses ao ar livre pareciam ter acabado. O início das aulas, quando começou seu último ano, pareceu aborrecê-lo demais e com frequência afirmava estar determinado a nunca se preocupar com a faculdade. Precisava, conforme disse ele, fazer investigações especiais importantes que lhe proporcionariam mais possibilidades para o conhecimento e para as ciências humanas do que qualquer universidade de que o mundo pudesse se vangloriar.

Naturalmente, apenas uma pessoa que sempre fora mais ou menos estudiosa, excêntrica e solitária poderia ter prosseguido nesse caminho durante vários dias sem chamar a atenção. Ward, no entanto, era reconhecidamente um erudito e um eremita, portanto, seus pais ficaram menos surpresos do que arrependidos com o confinamento e o sigilo que ele adotou. Ao mesmo tempo, tanto o pai quanto a mãe acharam estranho que ele não mostrasse nenhum trecho do tesouro encontrado, nem desse explicações sobre as informações à medida que as decifrava. Ele justificava essas reticências como um desejo de esperar até poder anunciar alguma revelação pertinente, mas, conforme as semanas corriam sem mais explicações, começou a surgir entre o jovem e a família uma espécie de constrangimento, mais intenso no caso de sua mãe, que desaprovava abertamente todo aprofundamento no caso Curwen.

Em outubro, Ward recomeçou as visitas às bibliotecas, mas não mais pelos motivos de interesse em antiguidades dos dias passados. Bruxaria e magia, ocultismo e demonologia, eram esses os assuntos que procurava agora e, quando as fontes de Providence se revelaram infrutíferas, ele tomaria o trem para Boston e sugaria o material da grande biblioteca da Copley Square, da Biblioteca Widener de Harvard ou da Biblioteca de Pesquisas Zion, em Brookline, onde certas obras raras sobre assuntos bíblicos estavam disponíveis. Comprou diversos livros e colocou uma estante completa no seu estúdio para as obras recém-adquiridas ou assuntos misteriosos. No feriado de Natal, fez algumas viagens para fora da cidade, inclusive uma a Salem para consultar certos registros do Instituto de Essex.

Em meados de janeiro de 1920, a situação de Ward passou a apresentar um elemento de triunfo que ele não explicou, e não era mais visto trabalhando sobre o código de Hutchinson. Em vez disso, inaugurou uma estratégia dupla de pesquisa de substâncias químicas e exploração de registros, preparando para a primeira um laboratório no sótão abandonado da casa e para a última, visitando com frequência todas as fontes de estatísticas de civis de Providence. Interrogados mais tarde, os comerciantes de drogas e fornecedores científicos locais deram listas incrivelmente estranhas e sem sentido das substâncias e instrumentos que ele comprou, mas os funcionários da State House, da Prefeitura e das várias bibliotecas foram unânimes quanto ao objetivo definitivo de seu segundo interesse. Ele estava pesquisando intensiva e febrilmente o túmulo de Joseph Curwen, de cuja lápide de ardósia uma velha geração prudentemente apagou o nome.

Aos poucos aumentou a convicção geral de que alguma coisa estava errada na família Ward. Charles tinha esquisitices e mudanças de pouca importância antes, mas esse segredo cada vez maior e a absorção em buscas estranhas era muito diferente até mesmo para ele. Seus estudos se resumiam à mera presença na escola e, embora não repetisse em nenhuma prova, era possível perceber que o antigo aluno aplicado não existia mais. Ele tinha outros interesses agora e, quando não estava em seu laboratório com uma grande quantidade de livros obsoletos de alquimia, podia ser visto debruçado sobre antigos registros fúnebres no centro da cidade ou colado aos volumes de ocultismo no seu estúdio, onde as feições surpreendentemente parecidas — quase se podia fantasiar que estavam cada vez mais parecidas — de Joseph Curwen olhava maliciosamente para ele da grande moldura na parede norte.

No final de março, Ward acrescentou à sua pesquisa de arquivos uma mórbida série de caminhadas pelos diversos cemitérios antigos da cidade. O motivo foi conhecido mais tarde, quando se soube pelos funcionários da Prefeitura que ele provavelmente encontrara uma pista importante. Sua busca subitamente foi desviada do túmulo de Joseph Curwen para o de Naphthali Field, e esse desvio foi explicado quando, ao procurarem nos arquivos que ele estudara, os investigadores encontraram o fragmento de um registro do enterro de Curwen que escapara da destruição geral e afirmava que o curioso caixão de chumbo fora enterrado "a três metros ao sul e um metro e meio a oeste do túmulo de Naphthali Field em ——————". A falta de um lote nos registros sobreviventes complicou demais a procura e o túmulo de Naphthali Field parecia tão inatingível quanto o de Curwen, mas nesse caso não houvera nenhuma erradicação sistemática e qualquer pessoa poderia provavelmente tropeçar na lápide, mesmo que seu registro tivesse desaparecido. Por isso as caminhadas — das quais foram excluídos o pátio da Igreja de São João (o antigo Rei) e o velho cemitério congregacional no meio do cemitério de Swan Point, já que outros registros demonstraram que o único Naphthali Field (óbito em 1729), cuja lápide poderia ser aquela em questão, fora batista.

4

Foi em maio que o Dr. Willett, a pedido do Ward pai e fortificado com todas as informações de Curwen que a família colhera de Charles em seus dias não tão secretos, falou com o rapaz. A entrevista não foi muito importante ou conclusiva, pois Willett sentiu todo o tempo que Charles mantinha um controle cuidadoso de si mesmo e dos assuntos de real importância, mas ela ao menos forçou o misterioso jovem a oferecer uma explicação racional para o seu recente comportamento. Pálido, impassível e não demonstrando embaraço com facilidade, Ward parecia totalmente disposto a discutir suas buscas, mas sem revelar seu objetivo. Afirmou que os documentos de seu antepassado continham alguns segredos excepcionais do conhecimento científico primitivo, a maior parte em código, de um alcance aparentemente comparável apenas às descobertas de Frei Bacon, talvez até mesmo ultrapassando-as. Eram, contudo, destituídos de sentido, a não ser quando relacionados com um tronco de aprendizado agora totalmente obsoleto, de forma que sua apresentação imediata a um mundo equipado apenas com a ciência moderna roubaria deles toda a grandeza e dramaticidade. Para ter um lugar vigoroso na história do pensamento humano, primeiro precisariam ser correlacionados por alguém familiarizado com a experiência a partir da qual eles se desenvolveram e, a essa tarefa, o próprio Ward estava se devotando agora. Procurava adquirir o mais rápido possível aquelas artes negligenciadas pertencentes ao passado, as quais um verdadeiro intérprete das informações de Curwen deveria possuir, e esperava poder fazer logo um anúncio completo e uma apresentação do máximo interesse para a humanidade e para o mundo do pensamento. Nem mesmo Einstein, declarou ele, poderia revolucionar mais profundamente a concepção atual das coisas.

Quanto à procura do túmulo de Curwen, cujo objetivo ele admitiu livremente, mas sem relatar os detalhes do progresso feito, disse que tinha motivos para acreditar que a lápide funerária mutilada continha certos símbolos místicos — escavados de acordo com o seu testamento e ignorantemente poupados por aqueles que apagaram seu nome — absolutamente essenciais para a solução final do sistema de código. Curwen, acreditava ele, desejara proteger seu segredo com todo cuidado e, como consequência, distribuíra as informações de modo excessivamente curioso. Quando o Dr. Willett pediu para ver os documentos místicos, Ward mostrou-os com relutância e tentou protelar coisas, tais como as cópias fotostáticas do código de Hutchinson e as fórmulas e diagramas de Orne, mas finalmente acabou mostrando a parte de fora de alguns dos verdadeiros achados de Curwen — o *Diário e notas*, o código (título em código também) e a mensagem cheia de fórmulas *Para aquele que há de vir depois*" — e deixou que ele desse uma olhada neles, já que se tratava de um texto tão obscuro.

Também abriu o diário numa página cuidadosamente escolhida por sua inocuidade e deu a Willett um vislumbre da letra de Curwen em inglês. O médico observou bem de perto as letras intricadas e complicadas e a aura geral do século XVII que emanava tanto da caligrafia quanto do estilo, apesar de o autor ter sobrevivido até o século XVIII, e logo teve certeza de que o documento era genuíno. O texto em si era relativamente trivial e Willett se lembrava apenas de um fragmento:

> "Quarta-feira, 16 de outubro de 1754. O meu veleiro, o *Vigilante*, neste dia aportou de Londres com XX novos

homens recolhidos nas Índias, espanhóis da Martinica e dois holandeses do Suriname. Os holandeses provavelmente vão desertar, pois ouviram Alguma Coisa ruim sobre essas Aventuras, mas eu vou tentar Induzi-los a Ficar. Para Mr. Knight Dexter da Baía e Livro 120 Peças de Chamalote, 100 Peças Sortidas de Chamalote, 20 Peças de Duffel azul, 100 de peças Flanela, 50 Peças de Lã, 300 Peças de cada, Shendsoy e Humhums. Para Mr. Green, do Elefante, 50 Galões de Cyttle, 20 Frigideiras de Aquecer, 15 de Cyttle para Assar, 10 pr. de Línguas Defumadas. Para Mr. Perrigo, 1 Conjunto de Furadores. Para Mr. Nightingale 50 Resmas de Papel Ofício de primeira. Disse SABAOTH três vezes ontem à noite, mas Ninguém apareceu. Preciso conversar mais com Mr. H. na Transilvânia, mesmo sendo Difícil encontrá-lo e tremendamente estranho que não possa me dar o Uso do Que ele usou tão bem nestes cem anos. Simon não escreveu nestas V Semanas, mas espero ter notícias dele logo."

Quando, ao chegar a este ponto, o Dr. Willett virou a página, foi bruscamente interrompido por Ward, que praticamente arrancou o livro de suas mãos. Tudo o que o médico teve oportunidade de ver na página recém-aberta foram duas curtas sentenças, que estranhamente permaneciam com tenacidade em sua memória. Diziam: "O Verso do Liber-Damnatus, sendo dito em V Festas da Exaltação da Cruz e IV Halloweens, tenho Esperança de que a Coisa seja alimentada fora das Esferas. Ainda desenho Aquele que há de vir, se eu puder garantir que ele deva Ser, e ele deve pensar nas Coisas Passadas e olhar para trás por todos os anos, contra o Qual eu preciso estar com os Sais prontos ou Aquilo para fazer "com".

Willett não viu nada mais, mas de alguma forma esse pequeno vislumbre proporcionou um novo e vago terror às feições pintadas de Joseph Curwen, que olhavam maliciosamente para baixo a partir da moldura sobre a cornija da lareira. Depois disso, teve a estranha impressão — que sua capacidade médica obviamente garantiu ser apenas uma impressão — de que os olhos do retrato mostravam uma espécie de desejo, se não uma real tendência, de acompanhar o jovem Charles Ward à medida que ele se movimentava pela sala. Fez uma pausa antes de sair para estudar a pintura mais de perto, admirado com a semelhança daquele rosto com o de Charles, e memorizar os menores detalhes daquela face inescrutável, sem cor até mesmo embaixo de uma leve cicatriz ou pinta na sobrancelha lisa sobre o olho esquerdo. Cosmo Alexander, relembrou ele, era um pintor digno da Escócia, que produziu Raeburn, e um professor digno de seu ilustre aluno, Gilbert Stuart.

Tranquilizado pelo médico de que a saúde mental de Charles não corria perigo, mas que ele, por outro lado, estava envolvido em pesquisas que poderiam ter real importância, os Ward ficaram mais brandos do que conseguiram se manter durante o mês de junho seguinte, quando o jovem decididamente se recusou a frequentar a faculdade. Declarou ele ter estudos de importância muito mais vital a fazer e anunciou o desejo de viajar para fora do país no ano seguinte para utilizar certas fontes de informações que não existiam nos Estados Unidos. Ward pai, embora recusando o último desejo por considerá-lo absurdo para um rapaz de apenas dezoito anos, aquiesceu no tocante à universidade, de forma que, após uma formatura não muito brilhante pela Moses Brown School, seguiu-se para Charles um período de três anos de estudos ocultos intensivos e buscas em cemitérios. Passou a ser conhecido como um excêntrico e desapareceu ainda mais completamente do que antes da vista dos amigos da família, permanecendo perto do seu trabalho e apenas fazendo viagens eventuais a outras cidades para consultar registros obscuros. Uma vez foi ao sul para conversar com um estranho mulato que habitava num pântano e sobre o qual um jornal publicara um artigo curioso. Procurou ainda uma pequena vila nos Adirondacks, de onde os registros de certas estranhas práticas cerimoniais haviam saído. Mas seus pais ainda o proibiam de fazer a viagem ao velho mundo que ele tanto desejava.

Atingindo a maioridade em abril de 1923, e tendo herdado previamente uma pequena soma de seu avô materno, Ward decidiu fazer afinal a até então proibida viagem à Europa. Não falaria nada a respeito do itinerário proposto, a não ser que as necessidades de seus estudos o levariam a diversos locais diferentes, mas prometeu escrever aos pais plena e fielmente. Quando perceberam que ele não podia ser dissuadido, deixaram de se opor e ajudaram da melhor forma possível, e em junho o jovem embarcou para Liverpool com as bênçãos do pai e da mãe, que o acompanharam a Boston e acenaram, até que se afastasse de vez, do píer White Star de Charlestown. Logo receberam cartas contando da sua chegada em segurança e dos ótimos alojamentos encontrados na Great Russell Street, em Londres, onde ele se propôs a ficar, evitando os amigos da família, até ter esgotado todos os recursos do British Museum sobre um certo assunto. De sua vida cotidiana, pouco escreveu, pois havia pouco a escrever. O estudo e as experiências consumiam todo o seu tempo e mencionou um laboratório que preparara numa das salas. O fato de não ter dito nada sobre as caminhadas por antiquários no glamoroso centro da cidade, com seu belo horizonte de antigos domos e campanários e emaranhados de ruas e alamedas, cujas místicas circunvoluções e repentinas vistas alternadamente acenam e surpreendem, foi tomado por seus pais como um bom indício do grau em que seus novos interesses haviam monopolizado sua mente.

Em junho de 1924, numa breve nota informou sobre sua partida a Paris, onde já havia ido rapidamente duas ou três vezes para pesquisar um material na Bibliothèque Nationale. Depois disso, durante três meses, enviou apenas cartões-postais, dando um endereço na Rua St. Jacques e mencionando uma busca especial de manuscritos raros na biblioteca de um colecionador particular, cujo nome não informou. Evitava os conhecidos e nenhum turista trouxe notícias dele ao voltar. Seguiu-se então um silêncio e em outubro os Ward receberam um cartão de Praga, Tchecoslováquia, afirmando que Charles se encontrava na antiga cidade com o objetivo de conferenciar com um certo senhor de idade, possivelmente o último possuidor de algumas informações medievais muito curiosas. Deu um endereço na Neustadt e avisou que não se mudaria até janeiro seguinte, quando mandou diversos cartões-postais de Viena, contando sobre sua passagem pela cidade a caminho de uma região mais oriental, à qual um de seus correspondentes e companheiro de pesquisas de ocultismo o convidara.

O cartão seguinte veio de Klausenburg, na Transilvânia, e falava do progresso de Ward rumo ao seu destino. Ia visitar o Barão Ferenczy, cujos domínios ficavam a leste das montanhas Rakus, e o endereço para correspondência era Rakus, aos cuidados do nobre. Outro cartão de Rakus, uma semana depois, contando que a carruagem de seu anfitrião fora a seu encontro e estava deixando o vilarejo para ir às montanhas, foi sua última mensagem durante um período considerável de tempo. Na realidade, não respondeu às frequentes cartas de seus pais até maio, quando escreveu para desencorajar os planos de sua mãe de ir encontrá-lo em Londres, Paris ou Roma no verão, quando o Ward pai planejava viajar à Europa. Suas pesquisas, disse ele, eram tão importantes que não poderia sair de seus atuais alojamentos, enquanto a localização do castelo do Barão Ferenczy não encorajava visitas. Ficava no penhasco das escuras montanhas arborizadas; e a região era tão evitada pela população do país, que nenhuma pessoa normal poderia sentir-se à vontade. Além disso, o Barão provavelmente não era um homem de recursos para as corretas e conservadoras pessoas da Nova Inglaterra. Seu aspecto e maneiras tinha idiossincrasias, e sua idade era avançada demais para ser incomodado. Seria melhor, disse Charles, que seus pais esperassem ele voltar a Providence, o que provavelmente não demoraria muito.

Essa volta, contudo, não aconteceu até maio de 1926, quando, depois de uns poucos cartões anunciando-a, o jovem viajante silenciosamente adentrou em Nova York no *Homeric* e atravessou a longa distância até Providence num ônibus motorizado, bebendo avidamente as verdes colinas onduladas e os fragrantes pomares em flor, bem como as cidades cheias de campanários brancos de uma Connecticut primaveril, o primeiro sopro da antiga Nova Inglaterra que ele não sentia havia quase quatro anos. Quando o carro cruzou a Pawcatuck e entrou em Rhode Island em meio a um dourado fantástico do final da tarde de primavera, seu coração bateu com mais força, e a entrada em Providence ao longo das avenidas Reservoir e Elmwood foi uma coisa maravilhosa, de tirar o fôlego, apesar das profundezas da ciência proibida em que mergulhara. No bairro alto, onde as ruas Broad, Weybosset e Empire se juntam, viu à frente e abaixo, no fogo do pôr do sol, as belas casas, cúpulas e campanários da cidade velha de que tanto se lembrava, e sua cabeça se esticava curiosamente à medida que o veículo rodava em direção ao terminal atrás do Biltmore, surgindo à vista a grande cúpula e a suave relva perfurada por telhados da antiga colina do outro lado do rio e a torre colonial da Primeira Igreja Batista, pintada de rosa no mágico entardecer contra o fresco verdor da primavera de sua vertiginosa lembrança.

Velha Providence! Foi este lugar e as misteriosas forças de sua longa e contínua história que o trouxeram à vida e o puxaram de volta em direção às maravilhas e segredos, cujos limites nenhum profeta poderia fixar. Fica nela a magia arcana, o inconcebível ou o terrível, conforme o caso, para o qual todos os seus anos de viagem e diligência o haviam preparado. O taxista contornou com ele a Praça do Correio, dando um vislumbre do rio, do velho Mercado e da cabeceira da baía e, na ladeira curva e íngreme da Waterman Street até a Prospect, acenava a vasta e reluzente cúpula e colunas jônicas rosadas pelo pôr do sol da Christian Science Church ao norte. Então seguiram oito quadras, passando pelos refinados prédios antigos que seus olhos infantis haviam conhecido, e as singulares calçadas de tijolos tantas vezes pisadas por seus jovens pés. Finalmente a pequena e branca fazenda ultrapassada à direita, à esquerda o clássico pórtico de Adão e a imponente fachada da grande casa de alvenaria onde ele nasceu. Na hora do crepúsculo, Charles Dexter Ward chegou a casa.

5

Uma escola psiquiátrica menos acadêmica que a do Dr. Lyman atribui à viagem de Ward à Europa o início de sua verdadeira loucura. Admitindo que estava são quando a começou, acreditam que a sua conduta no momento da volta indica uma mudança desastrosa. Mas o Dr. Willett se recusa a acreditar até mesmo nessa teoria. Houve alguma coisa depois, insiste ele, e atribui a estranheza do jovem nesse estágio à prática de rituais aprendidos no exterior — coisas suficientemente estranhas, com certeza, mas que de forma alguma implicam uma aberração mental por parte do seu celebrante. O próprio Ward, embora visivelmente envelhecido e endurecido, ainda tinha reações gerais normais, e em diversas conversas com o Dr. Willett demonstrava um equilíbrio que nenhum louco — mesmo um incipiente — poderia fingir continuamente por muito tempo. O que provocou a noção de insanidade nesse período foram os sons ouvidos o tempo todo no laboratório do sótão, no qual ele permanecia a maior parte do tempo. Ouviam-se cânticos, repetições e declamações trovejantes em ritmos misteriosos e, embora esses sons fossem sempre na voz de Ward, havia alguma coisa na qualidade daquela voz e na entonação das fórmulas que pronunciava que não podia deixar de gelar o sangue de quem ouvia. Observaram que Nig, o venerável e amado gato preto da caseira, eriçava os pelos e arqueava as costas perceptivelmente quando ouvia certos tons.

Os odores que eventualmente vinham do laboratório também eram estranhos demais. Às vezes, muito nocivos, mas na maior parte do tempo eram aromáticos, com uma qualidade assombrosa, indefinida, que parecia ter o poder de induzir imagens fantásticas. As pessoas que os sentiam tendiam a ter vislumbres de imagens momentâneas de paisagens enormes com estranhas colinas, ou avenidas de esfinges e hipogrifos estendendo-se por uma distância infinita. Ward não retomou suas antigas caminhadas, mas se aplicou diligentemente aos estranhos livros que trouxera para casa e às igualmente estranhas pesquisas em seus aposentos, explicando que as fontes consultadas na Europa haviam aumentado muito as possibilidades de seu trabalho e prometendo grandes revelações nos próximos anos. Sua aparência mais velha aumentou a um grau surpreendente a semelhança com o retrato de Curwen em sua biblioteca; e o Dr. Willett frequentemente parava diante dele após uma visita, maravilhando-se com a identidade potencial e refletindo apenas sobre a pequena pinta sobre o olho direito na pintura que restava agora para diferenciar o bruxo morto há anos do vivo. Essas visitas do Dr. Willett, feitas a pedido dos pais de Ward, eram uma coisa bastante curiosa. Ward jamais repelia o médico, mas este notou que jamais seria capaz de alcançar a psicologia interna do jovem. Várias vezes observou coisas peculiares, como pequenas imagens de cera de formas grotescas nas prateleiras ou mesas e os vestígios meio apagados de círculos, triângulos e pentagramas de giz ou carvão no espaço livre central da grande sala. E, sempre à noite, aqueles ritmos e encantamentos trovejavam, até não dar mais para manter os criados ou evitar os falatórios furtivos sobre a loucura de Charles.

Em janeiro de 1927 ocorreu um incidente bastante peculiar. Uma noite, perto da meia-noite, enquanto Charles estava cantando um ritual cuja estranha cadência ecoava desagradavelmente pela casa abaixo, veio uma súbita rajada de vento frio da baía e um tremor de terra fraco, obscuro, que todo mundo na vizinhança notou. Ao mesmo tempo, o gato deu mostra de traços fenomenais de pavor, enquanto os cães num raio de dois quilômetros latiam. Esse foi o prelúdio de uma tempestade cortante, anormal para a estação, que trouxe consigo uma trovoada tão grande que o senhor e a senhora Ward acharam que a casa fora atingida. Correram até o andar de cima para ver os danos causados, mas Charles encontrou-os na porta do sótão. Estava pálido, decidido e portentoso, com uma combinação quase assustadora de triunfo e seriedade no rosto. Garantiu que a casa não fora realmente atingida e que a tempestade logo terminaria. Eles pararam e, olhando pela janela, viram que ele de fato estava certo, pois os raios caíam cada vez mais longe, enquanto as árvores paravam de vergar com a estranha e fria rajada de água. A trovoada afundou numa espécie de resmungo monótono e finalmente parou. As estrelas apareceram e a marca de triunfo no rosto de Charlie cristalizou-se numa expressão muito singular.

Durante dois meses ou mais após esse incidente, Ward ficou menos confinado em seu laboratório do que o normal. Exibia um interesse curioso pelo tempo e fez estranhas perguntas sobre a data do degelo do solo na primavera. Numa noite de março, ele saiu de casa tarde, depois da meia-noite, e só voltou quando estava quase amanhecendo. Sua mãe, já acordada, ouviu o barulho de um motor ressoando na entrada de carruagens. Era possível distinguir juramentos abafados e, levantando-se e indo até a janela, a senhora Ward viu quatro vultos escuros retirando uma caixa longa e pesada de um caminhão, próximo de onde estava Charles, e carregando-a para dentro da casa pela porta lateral. Ouviu uma respiração ofegante e passos cuidadosos na escada e, finalmente, uma pancada surda no sótão, após a qual os passos desceram novamente e os quatro homens reapareceram do lado de fora e foram embora no caminhão.

No dia seguinte, Charles voltou à sua completa reclusão no sótão, baixando as venezianas escuras das janelas de seu laboratório e dando a impressão de estar trabalhando em alguma substância de metal. Ele não abriria a porta para ninguém e constantemente recusaria todo alimento oferecido. Perto do meio-dia, um som doloroso seguido de um choro terrível e uma queda foram ouvidos, mas quando a senhora Ward bateu à porta, o filho demorou para responder e, numa voz vaga, disse que não havia nada errado. O mau cheiro horroroso e indescritível que agora saía era absolutamente inofensivo e, infelizmente, necessário. A solidão era um requisito essencial e ele iria descer mais tarde para jantar. Naquela tarde, após cessarem alguns silvos estranhos que vinham detrás da porta trancada, ele apareceu afinal, com um aspecto extremamente abatido e proibiu que qualquer pessoa entrasse no laboratório por qualquer motivo. Isso, na realidade, comprovou ser o início de uma nova estratégia de segredo, pois desse dia em diante nenhuma outra pessoa recebeu permissão para visitar a oficina do sótão e a despensa vizinha, que ele limpou, mobiliou toscamente e acrescentou ao seu domínio privado inviolável como um quarto de dormir. Ali ele viveu com os livros trazidos de sua biblioteca dembaixo até o momento em que comprou o bangalô de Pawtuxet e mudou para lá todos os seus apetrechos científicos.

À noite, Charles pegou o jornal antes do resto da família e estragou uma parte dele, dando a aparência de ter sido um acidente. Mais tarde o Dr. Willett, tendo fixado a data a partir das declarações de vários membros da criadagem, procurou uma cópia intacta no escritório do *Journal* e descobriu que na seção destruída aparecia o pequeno nota a seguir:

Escavadores noturnos surpreendidos no Cemitério Norte

Robert Hart, vigia noturno do Cemitério Norte, nesta manhã descobriu um grupo de vários homens com um caminhão na parte mais antiga do cemitério, mas aparentemente assustou-os antes que conseguissem fazer o que pretendiam. A descoberta ocorreu por volta das quatro horas da madrugada, quando a atenção de Hart foi atraída pelo som de um motor no lado de fora do seu abrigo. Ao investigar, viu um grande caminhão na unidade principal, várias aleias à frente, mas não conseguiu alcançá-lo antes que o ruído de seus passos no cascalho revelasse a sua aproximação. Os homens rapidamente colocaram uma grande caixa no caminhão e foram embora antes que pudessem ser ultrapassados e, como nenhum túmulo conhecido foi violado, Hart acredita que a caixa fosse um objeto que eles queriam enterrar.

Os escavadores devem ter trabalhado bastante tempo antes de serem descobertos, porque Hart encontrou um enorme buraco cavado a uma distância considerável da rodovia no lote de Amasa Field, de onde a maioria das antigas lápides desapareceu há muito tempo. O buraco, um local largo e fundo como uma sepultura, estava vazio e não correspondia a nenhum túmulo mencionado nos registros do cemitério.

O Sargento Riley, da Segunda Delegacia, vistoriou o local e foi da opinião de que o buraco foi cavado por contrabandistas que procuravam engenhosamente um esconderijo seguro para bebidas num local onde provavelmente não seriam perturbados. Em resposta às perguntas, Hart disse que achava que o caminhão em fuga fora para a Avenida Rochambeau, embora não pudesse ter certeza.

Durante os dias seguintes, Charles Ward raramente foi visto pela família. Depois de acrescentar aposentos para dormir em seu reino do sótão, quase não se afastava mais de lá, pedindo que as refeições fossem deixadas à porta, sem pegá-las antes que o criado tivesse ido embora. O zumbido das fórmulas monótonas e o canto de ritmos estranhos ocorriam a intervalos, enquanto outras vezes ouvintes eventuais puderam detectar o som de vidro tilintando, substâncias químicas sibilando, água correndo ou chamas de gás rugindo. Odores da qualidade mais desagradável possível, totalmente diferentes de qualquer outra coisa jamais observada, ficavam suspensos em volta da porta, e o ar de tensão que se podia observar no jovem recluso, sempre que ele se aventurava a sair, era tão grande que excitava as mais agudas especulações. Certa vez ele fez uma rápida viagem ao Athenaeum para pegar um livro solicitado e novamente contratou um mensageiro para trazer um volume altamente obscuro de Boston. A palavra suspense estava portentosamente escrita na situação toda, e tanto a família quanto o Dr. Willett confessaram ter ficado totalmente sem saber o que pensar ou fazer sobre isso.

6

E então, no dia 15 de abril, houve um estranhíssimo acontecimento. Embora nada parecesse estar diferente, havia certamente uma diferença enorme em grau, e o Dr. Willett de alguma forma associou grande importância a essa mudança. Era Sexta-Feira Santa, uma data que os servos levaram em grande consideração, mas que outros naturalmente rejeitaram como uma coincidência irrelevante. No final da tarde, o jovem Ward começou a repetir uma certa fórmula em voz singularmente alta, queimando ao mesmo tempo alguma substância tão pungente que a fumaça escapou para a casa inteira. A fórmula era tão claramente audível no hall, fora da porta trancada, que a senhora Ward não conseguiu deixar de memorizá-la, como desejaria, e ficou ouvindo com ansiedade. Mais tarde, ela foi capaz de escrevê-la a pedido do Dr. Willett. Era assim — e os peritos disseram ao Dr. Willett que uma analogia bem parecida podia ser encontrada nos documentos místicos de "Eliphas Levi", aquela alma enigmática que rastejou através de uma fresta da porta proibida e vislumbrou a paisagem espantosa do vazio além:

> *"Per Adonai Eloim, Adonai Jehova,*
> *Adonai Sabaoth, Metraton On Agla Mathon,*
> *verbum pythonicum, mysterium salamandrae,*
> *conventus sylvorum, antra gnomorum,*
> *daemonia Coeli Gad, Almousin, Gibor,*
> *Jehosua, Evam, Zariatnatmik, veni, veni, veni."*

Isso continuou durante duas horas sem mudança ou interrupção, quando começou na vizinhança inteira um pandemônio de uivos de cachorros. A extensão desses uivos pode ser julgada pelo espaço recebido nos jornais do dia seguinte, mas para os que estavam na casa dos Ward, foram ofuscados pelo odor que imediatamente se seguiu, um cheiro hediondo, onipresente, que ninguém jamais sentira antes ou veio a sentir depois. No meio daquela nuvem pestilenta surgiu um clarão muito perceptível, como o de um raio, que teria sido cegante e impressionante se não fosse a luz do dia, e então ouviu-se a *voz* que ninguém poderia esquecer jamais por causa de sua estrondosa distância, sua incrível profundidade e sua dissociação sobrenatural da voz de Charles Ward. Ela abalou a casa e foi claramente ouvida por pelo menos dois vizinhos em meio ao uivo dos cães. A senhora Ward, que ficara escutando, desesperada, do lado de fora do laboratório trancado do filho, estremeceu ao reconhecer as implicações infernais, pois Charles falara sobre sua má fama nos livros de ocultismo e a maneira como ela estrondeara, de acordo com a carta de Fenner, acima da fazenda amaldiçoada de Pawtuxet na noite em que Joseph Curwen foi aniquilado. Não havia dúvidas de que era aquela frase de pesadelo, porque Charles a descrevera-a nitidamente nos bons tempos em que falava com franqueza sobre as investigações a respeito de Curwen. Contudo, tratava-se apenas deste fragmento em uma língua arcaica e esquecida: "DIES MIES JESCHET BOENE DOESEF DOUVEMA ENITEMAUS".

Junto com esse estrondo veio uma escuridão momentânea da luz do dia, embora o pôr do sol ainda estivesse longe, e depois uma lufada de um cheiro, diferente do primeiro, mas igualmente desconhecido e intolerável. Charles estava cantando de novo agora, e sua mãe podia ouvir as sílabas ecoando como "Yi-nash-Yog-Sothoth-he-Igeb-fi-throdog" — terminando em um "Yah!", cuja força maníaca subia num crescendo ensurdecedor. Um segundo após, todas as lembranças anteriores foram apagadas pelo grito de lamento que explodiu num ápice frenético e gradativamente mudou para um paroxismo de risada diabólica e histérica. A senhora Ward, com uma mistura de pavor e coragem cega da maternidade, avançou e bateu, assustada, nos painéis de proteção, mas não obteve nenhuma resposta. Bateu de novo, mas parou, com medo, quando um segundo guincho emergiu indiscutivelmente na voz familiar de seu filho *e soando ao mesmo tempo que as gargalhadas explosivas da outra voz*. Nesse momento ela desmaiou, embora ainda hoje não seja capaz de precisar a causa imediata para isso. A memória às vezes faz olvidamentos misericordiosas.

O senhor Ward voltou da seção de negócios por volta das seis e quinze e, quando não encontrou sua mulher no andar térreo da casa, foi informado pelos criados aterrorizados que ela provavelmente estava observando à porta de Charles, detrás da qual os sons eram muito mais estranhos do que antes. Subiu as escadas correndo e viu a senhora Ward completamente esticada no chão do corredor, fora do laboratório. Percebeu que ela desmaiara e apressou-se a buscar um copo de água de uma bandeja colocada na alcova ao lado. Despejando o líquido frio no rosto dela, animou-se ao observar uma reação imediata e ficou assistindo enquanto ela abria os olhos com uma expressão perplexa, quando um frio o atingiu e ameaçou reduzi-lo ao mesmo estado do qual ela emergia. Pois o aparentemente silencioso laboratório não estava tão silencioso quanto parecia, mas mantinha os murmúrios de uma conversa tensa e abafada em tons baixos demais para serem compreendidos, embora de uma natureza que perturbava profundamente a alma.

Murmurar fórmula não era uma coisa nova para Charles, claro, mas esse murmúrio era definitivamente diferente. Tratava-se de um diálogo, ou imitação de um diálogo, muito palpável, com as alterações normais de inflexão que sugerem perguntas e respostas, declarações e reações. Uma das vozes era indiscutivelmente a de Charles, mas a outra tinha uma profundidade e um vazio de que os maiores poderes de mimetismo cerimonial do jovem mal haviam se aproximado antes. Havia algo hediondo, blasfemo e anormal nela e, se não fosse pelo choro de sua mulher ao se recuperar, que clareou sua mente ao estimular seus instintos de proteção, não é provável que Theodore Howland Ward pudesse se gabar por mais um ano do fato de nunca ter desmaiado. Foi então que ele pegou a mulher nos braços e levou-a rapidamente para o andar de baixo, antes que ela pudesse perceber as vozes que o haviam perturbado tanto. Contudo, ele não foi rápido o suficiente para deixar de ouvir algo que o levou a cambalear perigosamente com sua carga. Pois o choro da senhora Ward evidentemente fora ouvido por outros além dele, e do outro lado da porta trancada vieram em resposta as primeiras palavras distinguíveis que aquele colóquio dramático e terrível produzira. Eram apenas uma reprovação excitada na voz de Charles, mas de alguma forma as implicações continham um medo inominável para o pai. A frase foi apenas esta: "*Sshh! — escreva!*".

O senhor e a senhora Ward confabularam por algum tempo após o jantar, e o pai resolveu ter uma conversa firme e séria com Charles naquela noite mesmo. Independentemente da importância do seu estudo, uma conduta como aquela não poderia mais ser tolerada, pois os últimos acontecimentos transcendiam todos os limites de sanidade e constituíam uma ameaça à ordem e ao bem-estar de toda a casa. O jovem provavelmente perdera todo o senso de medida, pois apenas uma loucura absoluta poderia ter levado aos gritos selvagens e conversas imaginárias naquelas vozes daquele dia. Tudo isso teria que ser interrompido ou a senhora Ward ficaria doente e seria impossível manter a criadagem.

O senhor Ward subiu ao final da refeição ao laboratório de Charles. No terceiro andar, contudo, parou ao ouvir os sons que vinham da biblioteca do filho, atualmente sem uso. Pareciam livros sendo jogados e papéis farfalhando descontroladamente e, ao passar pela porta, o senhor Ward viu o jovem lá dentro, reunindo animadamente uma grande braçada de livros de todos os tamanhos e formas. A aparência de Charles estava muito abatida, e ele deixou cair toda a sua carga ao escutar a voz do pai. Ao comando do homem mais velho, ele se sentou e por algum tempo ouviu as admoestações que há muito tempo merecia. Não fez nenhuma cena. No final da palestra, concordou que o pai estava certo e que seus ruídos, murmúrios, encantamentos e cheiros de substâncias químicas eram realmente uma perturbação indesculpável. Concordou com uma política de silêncio, embora insistisse no prolongamento de uma privacidade total. Grande parte de seu futuro trabalho, disse ele, se encontrava na pesquisa de livros, afinal, e ele poderia procurar alojamento em outro local para quaisquer rituais vocais, conforme fosse necessário num estágio posterior. Expressou o mais sincero remorso pelo medo que sua mãe passou e pelo desmaio que sofreu, e explicou que a conversação ouvida depois era parte de um elaborado simbolismo destinado a criar uma certa atmosfera mental. O uso de termos técnicos obscuros meio que desnorteou o senhor Ward, mas a impressão que sentiu ao se despedir foi a de uma inegável sanidade e equilíbrio, apesar de uma tensão misteriosa da maior gravidade. A conversa foi absolutamente inconclusiva e, à medida que Charles recolhia os livros e deixava a sala, o senhor Ward mal sabia o que pensar da situação geral. Era tão misteriosa quanto a morte do pobre velho Nig, cujo corpo enrijecido fora encontrado uma hora antes no porão, com os olhos arregalados e a boca retorcida de medo.

Levado por um vago instinto detetivesco, o desconcertado pai olhou de relance para as prateleiras vazias para averiguar o que o filho levara para o sótão. A biblioteca do jovem estava completa e rigidamente classificada, de forma que se poderia dizer no mesmo instante os livros, ou ao menos o tipo de livros, que haviam sido retirados. Nessa ocasião, o senhor Ward ficou atônito ao descobrir que nada sobre ocultismo ou antiguidade, além do que fora anteriormente levado, estava faltando. As novas retiradas foram todas de itens modernos: histórias, tratados científicos, geografias, manuais de literatura, trabalhos filosóficos e alguns jornais e revistas contemporâneos. Era uma mudança muito curiosa em vista da recente linha de leitura de Charles Ward, e o pai fez uma pausa num vórtice crescente de perplexidade e sensação de estranheza. A estranheza era uma sensação muito pungente e parecia quase uma ferida no peito, à medida que ele se esforçava para ver o que estava errado à sua volta. Alguma coisa estava realmente errada, tanto tangível quanto espiritualmente. Desde o momento em que entrara na sala soubera que algo estava errado, e finalmente se deu conta do quê.

Na parede norte ainda se podia ver a antiga moldura da sobrecornija escavada da lareira da casa de Olney Court, mas um desastre acontecera com o gretado e precariamente restaurado óleo do grande retrato de Curwen. O tempo e um aquecimento desigual haviam agido por fim e, num determinado momento desde a última faxina da sala, o pior acontecera. Descascando claramente da madeira, enrolando-se cada vez mais apertado e finalmente caindo aos pedaços com o que deve ter sido uma surpresa malignamente silenciosa, o retrato de Joseph Curwen renunciara para sempre à sua vigilância contínua do jovem com quem se parecia de forma tão estranha e agora se espalhava pelo chão como uma fina camada de poeira azul acinzentada.

capítulo iv

uma mutação e uma loucura

1

Na semana após aquela memorável Sexta-Feira Santa, Charles Ward foi visto mais vezes do que o normal e estava sempre carregando livros da sua biblioteca para o laboratório do sótão. Suas ações eram tranquilas e racionais, mas ele tinha um olhar furtivo e acossado, de que sua mãe não gostava, e desenvolveu um apetite voraz, como se comprovava por seus pedidos ao cozinheiro.

Contaram ao Dr. Willett sobre os ruídos e acontecimentos daquela sexta-feira e, na terça-feira seguinte, ele teve uma longa conversa com o jovem na biblioteca, onde a pintura não existia mais. A entrevista foi, como sempre, inconclusiva, mas Willett continuava disposto a jurar que o rapaz estava são e dono de si naquele momento. Ele manteve a promessa de que faria uma revelação em breve e falou sobre a necessidade de encontrar um laboratório em outro local. A perda do retrato foi, estranhamente, pouco lamentada, considerando-se o entusiasmo demonstrado no início, mas o jovem parecia ter encontrado algo de positivo na súbita destruição da obra.

Na segunda semana, Charles começou a se ausentar da casa por longos períodos e, certo dia, quando a boa e velha Hannah veio ajudar com a limpeza de inverno, ela mencionou as frequentes visitas à antiga casa da Olney Court, para onde ele ia com uma grande valise e realizava curiosas escavações no porão. Ficava sempre muito à vontade com ela e com o velho Asa, mas parecia mais preocupado do que o normal, o que a deixava muito triste, pois ela acompanhara o crescimento do rapaz desde que nascera.

Outro relatório de seus atos veio de Pawtuxet, onde alguns amigos da família o viram de longe um número surpreendente de vezes. Parecia frequentar a área de lazer e o abrigo de barcos de Rhodes-on-the-Pawtuxet, e as subsequentes perguntas do Dr. Willett no local revelaram o fato de que o objetivo dele era sempre garantir acesso ao leito do rio, fechado por uma sebe, ao longo do qual ele se encaminharia para o norte, normalmente demorando muito para reaparecer.

No fim de maio houve um retorno momentâneo dos sons ritualísticos no laboratório do sótão, o que provocou uma veemente reprovação do senhor Ward e uma promessa algo distraída por parte de Charles de que iria se comportar. Isso aconteceu numa manhã e pareceu constituir uma retomada da conversa imaginária observada naquela turbulenta Sexta-Feira Santa. O jovem estava discutindo ou protestando violentamente consigo mesmo, pois de repente desencadeou-se uma série perfeitamente reconhecível de gritos conflitantes em entonações diferentes, como exigências e negações alternadas, que fizeram a senhora Ward subir correndo para escutar à porta. Ela só foi capaz de distinguir um trecho da discussão, cujas únicas palavras completas foram "é preciso mantê-lo vermelho por três meses" e, quando bateu à porta, todos os sons cessaram imediatamente. Ao ser interrogado mais tarde por seu pai, Charles disse que havia alguns conflitos das esferas de consciência que apenas uma grande habilidade seria capaz de evitar, mas que tentaria transferi-los para outros reinos.

Em meados de junho ocorreu um estranho incidente. No início da noite ouviram-se alguns ruídos e baques no laboratório. A senhora Ward estava prestes a dirigir-se para lá a fim de investigar, quando subitamente eles diminuíram. Naquele dia à meia-noite, após a família ter se retirado, o mordomo estava trancando a porta da frente quando, de acordo com sua declaração, Charles apareceu meio trôpego e desajeitado ao pé da escada, carregando uma grande maleta, e fez sinais de que queria sair. Não disse uma palavra, mas o digno homem de Yorkshire captou um olhar febril em sua expressão e estremeceu, aparentemente sem motivo. Abriu a porta e o jovem Ward saiu, mas de manhã o mordomo apresentou sua demissão à senhora Ward. Havia, disse ele, algo profano no olhar com que Charles o encarou. Aquilo não era jeito de um jovem cavalheiro olhar para uma pessoa honesta e não lhe seria possível ficar nem mais uma noite sequer. A senhora Ward permitiu que o homem fosse embora sem dar o devido valor às suas palavras. Imaginar Charles num estado selvagem naquela noite era absolutamente ridículo, pois, durante o período em que esteve acordada, ouvira sons muito fracos vindo do laboratório acima, sons como soluços e passos, bem como um suspiro que falava apenas do mais profundo desespero. A senhora Ward estava cada vez mais acostumada a ouvir sons noturnos; para os mistérios de seu filho foi logo dirigindo todo o resto de seus pensamentos.

Na noite seguinte, exatamente como naquela cerca de três meses antes, Charles Ward pegou o jornal e, por acidente, perdeu sua seção principal. Isso só foi lembrado mais tarde, quando o Dr. Willett começou a verificar as pontas soltas e os elos perdidos aqui e ali. Na sede do *Journal* ele encontrou a notícia que Charles perdera e marcou dois itens que poderiam ser importantes. Foram eles:

Mais violação de túmulos

> Esta manhã Robert Hart, vigilante noturno do Cemitério Norte, descobriu que os profanadores entraram em ação novamente na parte antiga do campo-santo. O

túmulo de Ezra Weeden, nascido em 1740 e morto em 1824, de acordo com a lápide arrancada e selvagemente estilhaçada, foi encontrado violado e saqueado, sendo que, pelas evidências, o serviço foi realizado com uma pá roubada da casa de ferramentas vizinha.

Fosse qual fosse o conteúdo, após mais de um século do sepultamento não restou nada além de algumas lascas de madeira deteriorada. Não há vestígios de rodas, mas a polícia investigou um conjunto de pegadas encontradas no local, que dão indícios de terem sido deixadas pelas botas de um homem requintado.

Hart está inclinado a relacionar este incidente com a violação descoberta em março último, quando um grupo, num caminhão motorizado, fugiu depressa logo após fazer uma escavação profunda, mas o Sargento Riley, da Segunda Delegacia, descarta essa teoria e aponta para diferenças vitais entre os dois casos. Em março, a escavação foi feita num local onde não havia túmulos conhecidos, mas, desta vez, uma sepultura bem marcada e cuidada foi violada com todas as evidências de um objetivo definido e uma malignidade consciente, expressa na destruição da lápide que se encontrava intacta até a véspera.

Os membros da família Weeden, informados do acontecimento, expressaram surpresa e pesar e não foram capazes de pensar em nenhum inimigo que pudesse se incomodar em violar o túmulo de seu antepassado. Hazard Weeden, da Angell Street, 598, recordou uma lenda da família segundo a qual Ezra Weeden esteve envolvido em circunstâncias muito peculiares, não desonrosas, pouco antes da Revolução, mas ignora totalmente qualquer outra rixa ou mistério. O Inspetor Cunningham foi encarregado do caso e espera descobrir pistas valiosas num futuro próximo.

Cães barulhentos em Pawtuxet

> Moradores de Pawtuxet foram despertados por volta das três horas da madrugada pelo uivo ensurdecedor de cachorros, que parecia vir da região próxima ao rio, ao norte de Rhodes-on-the-Pawtuxet. O volume e o tipo dos uivos eram anormalmente estranhos, de acordo com aqueles que os ouviram. Fred Lemdin, vigia noturno de Rhodes, declara que os uivos vieram misturados ao que pareciam ser os berros de um homem em terror e agonia mortais. Uma trovoada aguda e muito breve, que deve ter ocorrido em algum local próximo à margem do rio, pôs fim à perturbação. A população relacionou esse incidente aos odores estranhos e desagradáveis, provavelmente vindos dos tanques de óleo ao longo da baía, que podem ter excitado os cães.

A aparência de Charles estava agora bastante desfigurada e assombrada, e todos concordaram, em retrospectiva, que naquela época ele pode ter desejado fazer alguma declaração ou confissão, sendo impedido pelo mais puro terror. A escuta mórbida de sua mãe à noite revelou o fato de que ele fazia excursões frequentes, protegido pela escuridão, e a maioria dos psiquiatras acadêmicos concorda atualmente em responsabilizá-lo pelos casos revoltantes de vampirismo que a imprensa divulgou com sensacionalismo na época, mas que ainda não foram definitivamente imputados a nenhum perpetrador conhecido. Esses casos, recentes, e comentados em excesso para serem detalhadamente mencionados, envolveram vítimas de todas as idades e tipos e parecem ter acontecido em duas localidades diferentes: a colina residencial e o North End, próximos à casa dos Ward, e os distritos suburbanos em toda a linha de Cranston, perto de Pawtuxet. Tanto os transeuntes tardios como quem estava dormindo com janelas abertas foram atingidos, e os que viveram para contar a aventura descreveram unanimemente um monstro magro, ágil, que saltitava com os olhos em brasas, cravava os dentes no pescoço ou no ombro e festejava raivosamente.

O Dr. Willett, que se recusa a datar a loucura de Charles Ward com a época desses incidentes, é bem cuidadoso ao tentar explicar esses horrores. Ele tem, conforme declara, certas teorias próprias e limita suas declarações positivas a um tipo peculiar de negação: "Não vou — diz ele — declarar que Charles não tenha nada a ver com eles. Tenho razões para acreditar que ele ignorava o gosto de sangue, o que, na realidade, é rejeitado por sua anemia crônica e comprovado por sua palidez cada vez maior, mais do que por qualquer outro argumento verbal. Ward se meteu com coisas terríveis, mas pagou por isso, e nunca foi um monstro ou vilão. Quanto ao presente — não gosto nem de pensar. Houve uma mudança e me contento em acreditar que o antigo Charles Ward morreu com ela. De qualquer forma, sua alma morreu, pois aquele corpo louco que desapareceu do Hospital de Waite tinha outra".

Willett fala com autoridade, pois estava frequentemente atendendo em casa a senhora Ward, cujos nervos começavam a sucumbir sob a tensão. Aquilo que escutava durante as noites deu origem a algumas alucinações mórbidas que ela confidenciava ao médico com hesitação e ele ridicularizava durante as consultas, embora refletindo profundamente a respeito quando sozinho. Esses delírios sempre se relacionavam aos sons fracos que ela fantasiava ouvir no laboratório do sótão, enfatizando a ocorrência de suspiros e soluços abafados nas horas mais improváveis. No início de junho, Willett recomendou que a senhora Ward fosse a Atlantic City para uma temporada de recuperação e advertiu tanto o senhor Ward quanto o abatido e elusivo Charles, que escrevessem para ela apenas cartas carinhosas. Provavelmente é a essa escapada forçada e relutante que ela deve sua vida e sanidade.

2

Não muito depois da partida de sua mãe, Charles Ward começou a negociar a compra do bangalô de Pawtuxet. Tratava-se de uma pequena e esquálida construção de madeira, com uma garagem de concreto, empoleirada no alto da margem escassamente ocupada um pouco acima de Rhodes, mas, por alguma razão obscura, o jovem só queria aquela. Não deu sossego às imobiliárias, até que uma delas garantiu-o para ele, mediante o preço exorbitante de um proprietário algo relutante. Assim que ficou disponível, o rapaz tomou posse do imóvel, sob a cobertura da noite, transportando numa grande caminhonete fechada todo o conteúdo do laboratório do sótão, inclusive os livros estranhos e modernos que retirara do seu estúdio. Carregou a caminhonete na madrugada escura, e seu pai recorda apenas ter ouvido juramentos e passos abafados na noite em que os bens foram levados. Depois disso, Charles voltou para o seu antigo quarto no terceiro andar e nunca mais visitou o sótão.

Para o bangalô de Pawtuxet, Charles transferiu todo o sigilo com que cercara seus domínios no sótão, mas desta vez parecia dividir os mistérios com mais duas pessoas, um mestiço português com jeito de vilão, vindo das docas da South Main Street, que trabalhava como criado, e um acadêmico estrangeiro, magro, de óculos escuros e uma barba pontuda com aparência de tingida, cujo status era evidentemente o de um colega. Os vizinhos tentaram em vão conversar com essas estranhas pessoas. O mulato Gomes falava muito pouco inglês e o barbudo, que informou se chamar Dr. Allen, voluntariamente seguiu seu exemplo. Ward tentava ser mais comunicativo, mas a única coisa que conseguiu foi provocar curiosidade com suas explicações vagas sobre a pesquisa de substâncias químicas. Logo começaram a circular estranhas histórias sobre luzes ardendo durante a noite e, pouco depois, quando pararam de arder repentinamente, correram histórias ainda mais estranhas de pedidos desproporcionais de carne ao açougue e de gritos abafados, declamações, litanias e berros, provavelmente vindos das profundezas de algum lugar sob a casa. O novo e estranho morador era, sem dúvida, amargamente odiado pela honesta burguesia da vizinhança, e não é de se espantar que sugestões obscuras tenham surgido, ligando a casa odiosa com a epidemia de ataques e assassinatos vampíricos, principalmente a partir do momento em que o raio daquela pandemia pareceu ficar confinado a Pawtuxet e às ruas adjacentes de Edgewood.

Ward passava a maior parte do tempo no bangalô, mas eventualmente dormia em casa e ainda era considerado um morador sob o teto de seu pai. Duas vezes ele se ausentou em viagens de uma semana, cujos destinos ainda não foram descobertos. Ficava cada vez mais pálido e emaciado e perdera parte da antiga segurança ao repetir ao Dr. Willett sua velha história de pesquisa vital e futuras revelações. Willett com frequência armava ciladas para ele na casa dos pais, pois o senhor Ward estava profundamente preocupado e perplexo e desejava que seu filho fosse o mais supervisionado possível, naquela condição de um adulto tão misterioso e independente. O médico ainda insiste em dizer que o jovem estava são nessa época e alude várias vezes às conversas mantidas com ele para provar seu ponto de vista.

Por volta de setembro, o vampirismo diminuiu, mas em janeiro Ward quase se envolveu em graves problemas. Durante algum tempo as chegadas e partidas noturnas de caminhões motorizados no bangalô de Pawtuxet foram comentadas e, nessa ocasião, um percalço imprevisto expôs a natureza de pelo menos um dos itens de sua carga. Em um local solitário, próximo ao Hope Valley, ocorrera uma das frequentes e sórdidas ciladas para caminhões feitas por ladrões em busca de bebidas alcoólicas, mas desta vez os gatunos acabaram levando um grande choque. Pois as longas caixas que haviam pegado, ao serem abertas, revelaram um conteúdo assustadoramente medonho, tão medonho, na realidade, que o assunto não pôde ser mantido em silêncio entre os habitantes do submundo. Os ladrões enterraram às pressas o que fora descoberto, mas quando a polícia estadual tomou conhecimento do assunto, foi feita uma busca cuidadosa. Um vagabundo recém-chegado, com a promessa de imunidade judicial em qualquer processo adicional, consentiu afinal em guiar um grupo de policiais montados ao local e foi encontrado naquele esconderijo apressado algo hediondo e vergonhoso. Não ficaria bem para o senso de decoro nacional — ou mesmo internacional — que o público viesse a saber o que fora descoberto por aquele grupo aterrorizado. Ninguém teve dúvidas, mesmo aqueles que estavam longe de ser oficiais esforçados, e houve uma troca de telegramas para Washington em velocidade febril.

As caixas eram endereçadas a Charles Ward, em seu bangalô de Pawtuxet, e funcionários estaduais e federais fizeram ao mesmo tempo uma visita séria e forçada à residência. Notaram que ele estava pálido e bastante preocupado com seus dois estranhos companheiros e receberam o que pareceu ser uma explicação e prova de inocência válidas. Ele precisara de alguns espécimes anatômicos como parte de um programa de pesquisas, cuja profundidade e veracidade qualquer pessoa que o tivesse conhecido na última década seria capaz de comprovar, e encomendara o tipo e quantidade necessários das agências que considerara razoavelmente legítimas, na medida em que essas coisas possam sê-lo. Sobre a *identidade* dos espécimes, não sabia de absolutamente nada e ficou bastante chocado quando os inspetores deram a entender o efeito monstruoso no sentimento público e na dignidade nacional que o conhecimento de tal assunto produziria. A esse respeito, foi apoiado com firmeza por seu colega barbudo, o Dr. Allen, cuja voz estranhamente cavernosa transmitia ainda mais convicção do que suas entonações nervosas, de forma que, no final, os funcionários não tomaram nenhuma providência, mas anotaram cuidadosamente o nome e endereço de Nova York que

Ward forneceu a eles. Foi o início de uma investigação que deu em nada. É justo apenas acrescentar que os espécimes foram rápida e silenciosamente devolvidos a seus lugares e que o público geral nunca saberá da perturbação blasfema que sofreram.

No dia 9 de fevereiro de 1928, o Dr. Willett recebeu uma carta de Charles Ward que considera de extraordinária importância e sobre a qual discutiu diversas vezes com o Dr. Lyman. Este acredita que essa nota contém uma prova conclusiva de um caso bem desenvolvido de demência precoce, mas Willett, por seu lado, considera-a como a última expressão perfeitamente sã do desafortunado rapaz. Chama a atenção para a letra normal da escrita, que, embora mostre traços de nervos em frangalhos, ainda assim pertence indiscutivelmente a Ward. Segue o texto na íntegra:

100 Prospect St.,
Providence, R.I.,
8 de fevereiro de 1928.

Caro Dr. Willett: —

Sinto que, afinal, chegou o momento de fazer as revelações que prometi há tanto tempo e pelas quais o senhor me pressionou com tanta frequência. A paciência que demonstrou na espera e a confiança que teve em minha mente e integridade são coisas pelas quais nunca deixarei de lhe ser grato.

E agora que estou pronto para falar, devo informar, humilhado, que nenhum dos triunfos como aqueles com os quais sonhei poderá jamais ser anunciado. Em vez de triunfo, encontrei terror, e a minha conversa com o senhor não será uma ostentação de vitória, mas um pedido de ajuda e aconselhamento para tentar salvar tanto a mim quanto ao mundo de um horror além da qualquer concepção ou cálculo humano. O senhor certamente se lembra do que estava escrito nas cartas de Fenner sobre o antigo grupo de ataque em Pawtuxet. Tudo aquilo precisa ser feito de novo, e depressa. O que depende de nós não pode sequer ser posto em palavras — toda a civilização, toda a lei natural, talvez até o destino do sistema solar e do universo. Eu dei à luz uma anormalidade monstruosa, mas eu o fiz pelo interesse do conhecimento. Agora, pelo interesse de toda a vida e natureza, o senhor precisa me ajudar a empurrá--la de volta à escuridão.

Saí de Pawtuxet para sempre e precisamos extirpar tudo o que existe lá, vivo ou morto. Não devo ir ao local de novo, e não acredite se alguma vez ouvir que estou lá. Vou explicar o porquê pessoalmente ao senhor quando nos virmos. Voltei a morar em casa e ficarei aqui pelo resto da minha vida. Espero que me procure assim que puder reservar cinco ou seis horas, sem intervalos, para ouvir o que tenho a dizer. Vai levar todo esse tempo — e acredite em mim quando afirmo que o senhor jamais teve uma obrigação profissional mais genuína do que esta que lhe faço. Minha vida e sanidade mental são as coisas que menos pesam na balança.

Não me atrevo a contar ao meu pai, pois ele não poderia captar o todo. Mas contei sobre o perigo que estou correndo e ele contratou quatro homens de uma agência de detetives para vigiar a casa. Não sei o que eles poderão fazer, pois terão que enfrentar forças que mesmo o senhor dificilmente poderia conhecer ou imaginar. Por isso, venha depressa, se quiser me encontrar com vida e ouvir como pode me ajudar a salvar o cosmos do inferno consumado.

Pode vir a qualquer momento — não vou sair de casa. Não telefone antes, pois não há meios de saber quem ou o que poderá tentar interceptá-lo. E vamos rezar a todos os deuses que existem para que nada possa impedir esse encontro.

No máximo da gravidade e desespero,

Charles Dexter Ward.

P.S. Atire no Dr. Allen assim que o vir *e dissolva o corpo dele em ácido. Não o queime!*

O Dr. Willett recebeu essa mensagem aproximadamente às dez e meia da manhã e imediatamente tomou as providências necessárias para reservar o final da tarde e início da noite à importantíssima conversa, deixando espaço para que se estendesse pelo tempo que fosse preciso. Planejou chegar perto das quatro horas da tarde e, durante todas essas horas de espera, ficou tão imerso em todo tipo de especulações improváveis que a maioria de suas obrigações foram realizadas mecanicamente. Por mais maníaca que a carta pudesse parecer a um estranho, Willett conhecia muito bem as excentricidades de Charles Ward para rejeitá-la como puro delírio. Teve certeza de que algo muito sutil, antigo e horrendo pairava sobre o caso, e a referência ao Dr. Allen quase poderia ser compreendida, em vista dos comentários que corriam em Pawtuxet sobre o enigmático colega de Ward. Willett nunca vira o homem, mas ouvira falar muito sobre sua aparência e comportamento e a única coisa que podia fazer era imaginar que tipo de olhos aqueles tão discutidos óculos escuros poderiam esconder.

Exatamente às quatro da tarde o Dr. Willett se apresentou na residência dos Ward, mas descobriu, para seu grande aborrecimento, que Charles não tinha mantido a determinação de ficar em casa. Os guardas estavam lá, mas disseram que o rapaz parecia ter perdido parte de sua timidez. Naquela manhã tivera muitas discussões aparentemente assustadas e protestara com veemência ao telefone, disse um dos detetives, respondendo a alguma voz desconhecida com frases como "Estou muito cansado e preciso descansar um pouco", "Não posso receber ninguém durante algum tempo", "Você tem que me entender", "Por favor, adie a ação decisiva até que eu consiga resolver alguns compromissos", ou "Sinto muito, mas preciso tirar umas férias completas de tudo isso, falo com você depois". E então, aparentemente ficando mais ousado graças a muita meditação, deslizou para fora da casa tão silenciosamente que ninguém o viu partir, ou soube que ele saíra, até ele voltar, cerca de uma hora da tarde, e entrar em casa sem dizer uma palavra. Foi ao andar de cima, onde um pouco de seu medo deve ter aflorado de novo, pois ouviram-no chorar de uma maneira terrível ao entrar na biblioteca, choro que posteriormente se transformou numa espécie de arquejo sufocado. Contudo, quando o mordomo chegou para ver do que se tratava, ele apareceu à porta, dando uma grande demonstração de audácia, e dispensou o homem em silêncio com um gesto que, inexplicavelmente, o deixou aterrorizado. Em seguida, fez sem dúvida algumas mudanças nas estantes, pois ouviram-se estrondos, baques e rangidos, após o que ele reapareceu e foi embora imediatamente. Willett perguntou se ele deixara alguma mensagem, mas disseram que não havia nenhuma. O mordomo parecia ter ficado estranhamente perturbado por alguma coisa na aparência e nos modos de Charles e perguntou com solicitude se havia alguma esperança de cura para os problemas nervosos do rapaz.

Durante quase duas horas o Dr. Willett esperou em vão na biblioteca de Charles Ward, observando as prateleiras empoeiradas com os grandes intervalos de onde haviam sido retirados livros e sorrindo soturnamente para a sobrecornija da lareira, na parede norte, de onde um ano antes as brandas feições do velho Joseph Curwen olhavam com suavidade para baixo. Depois de algum tempo, a escuridão começou a cair e a luz do pôr do sol deu lugar a um terror vago e crescente que flutuou como uma sombra antes do anoitecer. O senhor Ward finalmente chegou e ficou muito surpreso e bravo com a ausência do filho depois de todo o esforço para protegê-lo. Não sabia que Charles havia pedido uma consulta e prometeu avisar Willett quando o jovem voltasse. Ao se despedir, expressou sua perplexidade absoluta com o estado do filho e exortou o médico a restabelecer o equilíbrio do rapaz. Willett ficou feliz por poder escapar daquela biblioteca, pois algo assustador e profano parecia assombrá-la, como se o retrato desaparecido houvesse deixado um legado maligno. Jamais gostara daquela pintura e naquele momento, por mais que tivesse nervos fortes, uma qualidade indefinida do painel vazio fez com que ele sentisse uma necessidade urgente de respirar ar puro o mais depressa possível.

3

Na manhã seguinte, Willett recebeu uma mensagem de Ward pai dizendo que Charles ainda não voltara. Mencionou ainda que o Dr. Allen telefonara para avisar que Charles ficaria algum tempo em Pawtuxet e não devia ser perturbado. Isso era necessário porque o próprio Allen seria obrigado a ficar fora por um tempo indefinido, deixando pesquisas que precisavam da supervisão constante de Charles. Disse que o filho enviava lembranças e lamentava qualquer transtorno que a repentina mudança de planos pudesse ter causado. Foi a primeira vez que o senhor Ward ouviu a voz do Dr. Allen, e ela pareceu despertar uma lembrança vaga e confusa que ele não era capaz de localizar, mas que o perturbou a ponto de fazê-lo sentir medo.

Ao enfrentar esses relatórios desafiadores e contraditórios, o Dr. Willett ficou francamente sem saber o que fazer. A gravidade frenética da mensagem de Charles não tinha como ser negada, mas o que pensar da violação imediata da estratégia proposta pelo próprio autor? O jovem Ward escrevera que suas pesquisas haviam se tornado blasfemas e ameaçadoras, que elas e seu colega barbudo tinham que ser extirpados a todo custo, e que ele mesmo jamais voltaria à cena final. Mas, de acordo com as últimas notícias, ele esquecera tudo isso e estava de volta ao núcleo do mistério. O senso comum pedia que o jovem fosse deixado sozinho com suas excentricidades, embora algum instinto mais profundo não permitisse diminuir a impressão causada por aquela carta frenética. Willett releu-a várias vezes e não conseguiu fazer com que sua essência soasse vazia e insana, como o fraseado bombástico e a falta ao compromisso marcado poderiam sugerir. O terror era profundo e real demais e, juntamente com o que o médico já sabia, evocava sugestões muito vivas de monstruosidades além do tempo e espaço para permitir uma explicação cínica. Havia horrores medonhos lá fora e, independentemente do tempo disponível para que começassem a se manifestar, era preciso estar preparado para todo tipo de ação a qualquer momento.

Durante mais de uma semana o Dr. Willett refletiu sobre o dilema que parecia pressioná-lo e ficou cada vez mais inclinado a ligar para Charles no bangalô de Pawtuxet. Nenhum amigo do jovem se aventurou jamais a romper as linhas de defesa do retiro proibido e até mesmo seu pai conhecia o interior dele apenas pelas descrições que ele resolveu dar; mas Willett sentia que era preciso conversar pessoalmente com seu paciente. O senhor Ward recebera bilhetes datilografados curtos e não comprometedores do filho e disse que a senhora Ward não recebera nada melhor em seu retiro de Atlantic City. Afinal, o médico resolveu agir e, apesar de uma curiosa sensação inspirada pelas antigas lendas de Joseph Curwen e pelas revelações e avisos mais recentes de Charles Ward, encaminhou-se corajosamente para o bangalô no penhasco acima do rio.

Willett visitara o local anteriormente por pura curiosidade, embora, é claro, nunca houvesse entrado na casa ou proclamado sua presença, portanto, conhecia exatamente o caminho que devia tomar. Dirigindo pela Broad Street numa tarde do final de fevereiro em seu pequeno carro, pensou no inexorável grupo que tomara a mesma estrada cento e cinquenta e sete anos antes, com uma incumbência tão terrível que ninguém jamais fora capaz de imaginar.

A travessia dos subúrbios decadentes da cidade foi rápida, e agora a graciosa Edgewood e a adormecida Pawtuxet surgiam à frente. Willett virou à direita, abaixo da Lockwood Street, e continuou por aquela estrada rural até onde foi possível. Estacionou, então, e caminhou para o norte, dirigindo-se ao local onde o penhasco se erguia sobre as belas curvas do rio e a extensão de colinas calcárias nebulosas além. Algumas casas ainda eram encontradas ali e não havia dúvida de que o bangalô era aquele, isolado, com garagem de concreto, num ponto alto do terreno à sua esquerda. Dando passadas ágeis pelo caminho de pedregulhos negligenciado, deu uma pancada seca na porta com mão firme e falou sem medo com o perverso mulato português que abriu apenas uma fresta.

Informou que precisava ver Charles Ward imediatamente para tratar de um assunto de vital importância. Não aceitaria desculpas e uma recusa significaria apenas que ele teria que fazer um relatório completo ao Ward pai. O mulato ainda hesitou por um instante e empurrou a porta quando Willett tentou abri-la, mas o médico simplesmente elevou o tom e repetiu suas exigências. Então veio do interior escuro um sussurro rouco que lhe gelou totalmente o sangue, embora não soubesse o porquê do pavor. "Deixe-o entrar, Tony", disse a voz, "podemos muito bem conversar agora ou depois." Mas, por mais que ficasse perturbado com o sussurro, o medo maior foi o que veio imediatamente depois. O chão rangeu e a pessoa que falou apareceu — e o dono daquelas entonações estranhas e retumbantes não era outro senão Charles Dexter Ward.

As minúcias com que o Dr. Willett relembrou e registrou sua conversa daquela tarde se deve à importância que ele confere a esse período em particular. Pois finalmente ele admite uma mudança vital na mentalidade de Charles Dexter Ward e acredita que o jovem agora falava com um cérebro totalmente estranho ao cérebro cujo crescimento ele vinha observando por vinte e seis anos. A controvérsia com o Dr. Lyman o levou a ser bastante específico e ele definitivamente data a loucura de Charles Ward a partir da época em que os bilhetes datilografados começaram a ser enviados para os pais. Esses bilhetes não estavam escritos no estilo normal de Ward, nem sequer no estilo da última carta frenética enviada a Willett. Ao contrário, eram estranhos e arcaicos, como se o surto da mente do escritor houvesse liberado uma inundação de tendências e impressões recolhidas inconscientemente por meio do interesse pelas antiguidades durante a infância. Há um esforço claro para ser moderno, mas a essência, e eventualmente a linguagem, pertencem ao passado.

O passado também estava evidente em cada tom e gesto de Ward, à medida que recebia o médico naquele bangalô obscuro. Curvou-se, gesticulou para que Willett se sentasse e começou a falar abruptamente naquele murmúrio estranho que ele tentava explicar no início.

"Estou tísico", começou ele, "por causa do maldito ar desse rio. Não repare na minha voz. Acredito que tenha vindo a pedido de meu pai para ver o que está me afligindo e espero que não diga nada que possa alarmá-lo."

Willett estudava esses tons rascantes com extremo cuidado, mas estudava com mais cuidado ainda o rosto do interlocutor. Alguma coisa estava errada, sentiu ele, e pensou no que a família lhe dissera sobre o pavor daquele mordomo de Yorkshire certa noite. Preferia que não estivesse tão escuro, mas não pediu que abrissem as janelas. Em vez disso, apenas perguntou a Ward por que ele achara que corria perigo na carta que escrevera pouco mais de uma semana antes.

"Eu já ia chegar lá", respondeu o anfitrião. "É preciso que você saiba que estou com os nervos à flor da pele, e faço e digo coisas pelas quais não posso ser responsável. Como já disse várias vezes, estou prestes a descobrir coisas muito importantes e a grandeza delas chega a me dar vertigem. Qualquer homem ficaria assustado também com o que eu descobri, mas não pretendo adiar a divulgação por muito tempo. Fui um idiota por pedir aquela proteção e decidir ficar em casa. Por ter chegado tão longe, agora o meu lugar é aqui. Meus vizinhos bisbilhoteiros falam muito mal de mim e, talvez, eu tenha sido levado pela fraqueza a acreditar ser o que diziam que eu era. Não há nada de maligno no que estou fazendo, contanto que eu faça direito. Tenha a bondade de esperar seis meses e vou lhe mostrar algo que vai recompensar sua paciência.

"Provavelmente o senhor deve saber também que eu tenho uma forma de aprender sobre assuntos antigos com base em fontes mais confiáveis do que livros e deixarei a seu critério julgar a importância do que posso proporcionar à história, à filosofia e às artes em razão das portas a que tenho acesso. Meu antepassado tinha tudo isso em mãos quando aqueles estúpidos bisbilhoteiros chegaram e mataram-no. Agora eu tenho também, ou estou prestes a ter uma parte ainda muito imperfeita deles. Desta vez, nada pode acontecer e, sobretudo, nenhum dos meus medos deve interferir. Espero que esqueça tudo o que escrevi ao senhor e não precisa temer este lugar nem qualquer pessoa daqui. O Dr. Allen é um homem de fino trato e devo desculpas a ele por qualquer coisa em contrário que eu tenha dito. Esperava não ter que me privar dele, mas existem coisas em outros locais que ele deve fazer. Seu zelo é igual ao meu a respeito de todos esses assuntos e acredito que, quando tive medo do trabalho, tive medo dele também, por ser meu principal ajudante."

Ward fez uma pausa e o médico ficou sem saber o que dizer ou pensar. Sentiu-se quase ridículo diante desse calmo repúdio à carta e, contudo, ressoava ainda em seus ouvidos o fato de que, enquanto o atual discurso era estranho, alienado e indubitavelmente louco, a carta fora trágica em sua naturalidade e semelhança com o Charles Ward que ele conhecia. Willett tentou agora desviar o assunto para falar de assuntos antigos e lembrou ao jovem alguns acontecimentos passados que restabeleceriam um clima familiar, mas nesse processo ele obteve apenas os mais grotescos resultados. O mesmo aconteceu com todos os psiquiatras mais tarde. Partes importantes do armazenamento de imagens mentais de Charles Ward, principalmente as que diziam respeito aos tempos modernos e sua vida pessoal, haviam sido inexplicavelmente expurgadas, enquanto todo o aprendizado sobre antiguidades da juventude brotou de algum subconsciente profundo para engolir o contemporâneo e o individual. O conhecimento íntimo sobre coisas antigas do jovem era anormal e profano, e ele fez o máximo para disfarçar isso. Quando Willett mencionava algum objeto favorito dos estudos de antiguidades na infância, ele várias vezes derramou, por puro acidente, uma luz sobre o assunto, que seria inconcebível em qualquer mortal normal, e o médico estremecia à medida que a alusão frívola se insinuava.

Não era muito saudável saber tanto sobre a maneira como a peruca do gordo xerife caiu quando ele debruçou durante a apresentação na Histrionick Academy de Mr. Douglass, na King Street, no dia 11 de fevereiro de 1762, que caiu numa quinta-feira; ou sobre como os atores cortaram o texto de Conscious Lover, de Steele, deixando-o tão ruim que houve quase que um regozijo quando a legislação batista fechou o teatro quinze dias depois. Que a carruagem para Boston de Thomas Sabin era "tremendamente desconfortável", qualquer correspondência antiga poderia ter informado, mas que estudioso saudável poderia se lembrar de como os estalos da nova tabuleta de Epenetus Olney (uma coroa vistosa que ele instalou depois de resolver chamar sua taverna de Café da Coroa) soavam exatamente como as primeiras notas do novo jazz que todas as rádios de Pawtuxet estavam tocando?

Ward, contudo, não continuaria sendo interrogado desse jeito por muito mais tempo. Deixou de lado sumariamente tópicos modernos e pessoais, ao mesmo tempo que mostrou o tédio mais evidente em relação aos acontecimentos antigos. O que ele desejava claramente era apenas satisfazer o visitante para que ele partisse logo e não quisesse voltar. Com esse objetivo, ofereceu--se para mostrar a casa toda a Willett e imediatamente levou o médico a todos os cômodos, do porão ao sótão. Willett examinou tudo detalhadamente, mas observou que os livros visíveis eram poucos e triviais demais para terem um dia preenchido o espaço nas prateleiras de casa de Ward, e que o mirrado "laboratório" era o tipo mais frágil de disfarce. Obviamente havia uma biblioteca e um laboratório em algum lugar, mas era impossível dizer onde. Derrotado essencialmente em sua busca por algo que não era capaz de nomear, Willett voltou à cidade antes de anoitecer e contou a Ward pai tudo o que acontecera. Concordaram que o jovem definitivamente devia estar fora de si, mas decidiram que nada de drástico deveria ser feito. Acima de tudo, a senhora Ward deveria ser mantida na total ignorância, até o ponto em que os estranhos bilhetes datilografados do filho o permitissem.

O senhor Ward resolveu então procurar pessoalmente seu filho, fazendo uma visita surpresa. O Dr. Willett levou-o em seu carro uma tarde, dirigindo até o bangalô ficar à vista e aguardando pacientemente sua volta. A sessão foi longa e o pai emergiu num estado entristecido e perplexo. A recepção ocorrera em grande parte como a de Willett, exceto pelo fato de que Charles demorou excessivamente para aparecer, depois que o visitante forçou a entrada na sala e despachou o português com uma exigência autoritária, e pelo fato de não haver vestígio de afeição filial no comportamento do filho alterado. As luzes estavam fracas, mas, mesmo assim, o jovem se queixara de que elas o cegavam ultrajantemente. Falava muito baixo, afirmando que sua garganta estava péssima, mas em seu murmúrio rouco havia uma qualidade tão vagamente perturbadora que o senhor Ward não conseguia bani-la de sua mente.

Agora, definitivamente reunidos e decididos a fazer tudo o que pudessem para a salvação mental do jovem, o senhor Ward e o Dr. Willett começaram a coletar todos os fragmentos de informações de que o caso dispunha. As bisbilhotices de Pawtuxet foram a primeira coisa que estudaram, e foi relativamente fácil compilá-las, já que ambos tinham amigos naquela região. O Dr. Willett obteve a maioria dos boatos, pois as pessoas conversavam com mais franqueza com ele do que com o parente do personagem principal e, de tudo o que ouviu, pôde dizer que a vida do jovem Ward se tornara realmente estranha. Os habitantes comuns não dissociariam sua casa do vampirismo do verão anterior, enquanto as idas e vindas noturnas dos caminhões motorizados proporcionavam sua parte de especulações obscuras. Os comerciantes locais falaram sobre a estranheza dos pedidos feitos a eles pelo mulato com cara de mau e, em particular, das quantidades excessivas de carne e sangue fresco fornecidas pelos dois açougues da vizinhança imediata. Para uma casa de três pessoas, essas quantidades eram totalmente absurdas.

E então veio o assunto dos ruídos debaixo da terra. As declarações sobre esses acontecimentos foram analisadas com mais dificuldade, mas todas as insinuações meio vagas acrescentavam algumas condições básicas. Evidentemente, houve ruídos de natureza ritualística, às vezes quando o bangalô estava escuro. Eles podem, claro, ter vindo do porão conhecido, mas os boatos insistiam no fato de que havia criptas mais profundas e extensas. Relembrando as antigas aventuras das catacumbas de Joseph Curwen e supondo como certo que o atual bangalô fora escolhido por causa de sua localização sobre o antigo local, conforme revelado em um dos documentos encontrados atrás do retrato, Willett e o senhor Ward deram muita atenção a essa parte dos rumores e procuraram diversas vezes, sem sucesso, a porta na margem do rio que era mencionada nos antigos manuscritos. Quanto à opinião popular sobre os vários habitantes do bangalô, logo ficou claro que o português, Brava, era detestado, o barbudo e pomposo Dr. Allen, temido, e o pálido jovem estudioso, profundamente antipatizado. Durante a última ou duas últimas semanas, Ward obviamente mudou muito, abandonando suas tentativas de ser agradável e falando apenas em sussurros abafados e estranhamente repulsivos nas poucas ocasiões em que se aventurava a fazê-lo.

Esses foram os retalhos e fragmentos colhidos aqui e ali, e o senhor Ward e o Dr. Willett tiveram longas e sérias conversas sobre eles. Procuraram exercitar ao máximo a dedução, indução e imaginação construtiva e relacionar cada fato conhecido sobre a vida posterior de Charles, incluindo a carta frenética que o médico agora mostrou ao pai, com a escassa evidência documentada disponível a respeito do velho Joseph Curwen. Teriam dado tudo para vasculhar os documentos que Charles encontrara, pois, claramente, a chave para a loucura do jovem estava naquilo que ele descobrira sobre o antigo feiticeiro e seus atos.

4

E, no entanto, apesar de tudo, não foi do senhor Ward ou do Dr. Willett que partiu o passo seguinte nesse caso singular. O pai e o médico, repelidos e confusos por uma sombra disforme e intangível demais para se combater, embora inquietos, continuavam sem fazer nada, enquanto os bilhetes datilografados do jovem Ward a seus pais diminuíam cada vez mais. Então chegou o primeiro dia do mês, com seus usuais acertos financeiros, e os funcionários de determinados bancos começaram a balançar as cabeças de forma peculiar e a dar telefonemas um para o outro. Aqueles que conheciam Charles Ward de vista foram até o bangalô para perguntar por que ultimamente as assinaturas em todos os seus cheques pareciam ser uma falsificação grosseira; saíram todos bem menos tranquilizados do que deveriam depois de o jovem explicar com voz rouca que a sua mão fora afetada por um choque nervoso que lhe tornara impossível assinar direito. Ele estava com uma enorme dificuldade para escrever qualquer coisa e podia provar isso com o fato de ter sido obrigado a datilografar todas as suas últimas cartas, mesmo as que escrevia para seu pai e sua mãe, o que confirmava o que ele dizia.

O que fez os investigadores hesitarem, confusos, não foi essa circunstância em si, pois não havia nada no caso que fosse sem precedentes ou fundamentalmente suspeito, nem mesmo as fofocas de Pawtuxet, das quais uma ou duas chegaram a seus ouvidos. Foi o discurso incoerente do jovem que os confundiu, pois implicava uma perda praticamente total de memória relativa a importantes assuntos monetários que ele sabia na ponta dos dedos apenas um ou dois meses antes. Algo estava errado, pois, apesar da aparente coerência e racionalidade do que dizia, não poderia haver uma razão normal para esse mal disfarçado lapso de pontos vitais. Além disso, embora nenhuma dessas pessoas conhecesse Ward muito bem, todos foram capazes de observar a mudança na sua linguagem e modos. Haviam ouvido falar que era um estudioso de antiguidades, mas mesmo os antiquários mais rigorosos não utilizavam aquela fraseologia e gestos obsoletos no dia a dia. No conjunto, essa combinação de rouquidão, mãos paralisadas, memória ruim, discurso e comportamentos alterados devia indicar um distúrbio ou doença genuinamente grave, o que, sem dúvida, formou a base para os estranhos boatos que circularam. Após partir, o grupo de funcionários do banco decidiu que era indispensável conversar com o senhor Ward.

Assim, no dia 6 de março de 1928 houve uma longa e séria conversa no escritório do senhor Ward, após a qual o pai inteiramente desnorteado convocou o Dr. Willett numa espécie de resignação desolada. Willett examinou as assinaturas tensas e desajeitadas dos cheques e comparou-as mentalmente com a caligrafia da última carta frenética. Com certeza a mudança era radical e profunda e, no entanto, havia alguma coisa odiosamente familiar na nova escrita. Ela tinha tendências arcaicas muito curiosas, era difícil de decifrar e parecia resultar de um tipo de traço absolutamente diferente daquele que o jovem sempre utilizara. Era estranho — mas onde ele o vira antes? No conjunto, era óbvio que Charles estava insano. Não era possível ter dúvidas a esse respeito. E como parecia improvável que ele pudesse cuidar de sua propriedade ou continuar lidando com o mundo exterior por muito mais tempo, alguma coisa deveria ser feita rapidamente para sua supervisão e possível cura. Foi então que os psiquiatras foram chamados: o Dr. Peck e o Dr. Waite, de Providence, e o Dr. Lyman, de Boston, aos quais o senhor Ward e o Dr. Willett forneceram a história mais apurada possível do caso. Eles conversaram longamente na agora não utilizada biblioteca do jovem paciente, examinando quais livros e documentos dele haviam sido deixados em ordem, para obter alguma noção adicional de seu trajeto mental normal. Após explorarem esse material e examinarem o fatídico bilhete para Willett, todos concordaram que os estudos de Charles Ward eram suficientes para privar, ou pelo menos distorcer, qualquer inteligência normal, e desejaram ardentemente poder ver os volumes e papéis mais íntimos, mas souberam que só poderiam fazer isso, se é que poderiam, depois de uma visita ao próprio bangalô. Willett então examinou o caso inteiro com uma energia febril; foi nessa ocasião que obteve as declarações dos trabalhadores que haviam assistido ao momento em que Charles encontrou os documentos de Curwen e que relacionou os incidentes das notícias de jornal destruídas, procurando-as no escritório do *Journal*.

Na quinta-feira, dia 8 de março, os doutores Willett, Peck, Lyman e Waite, acompanhados pelo senhor Ward, fizeram ao jovem a visita crucial, sem esconder seu objetivo e questionando o agora reconhecido paciente com extrema minúcia. Embora houvesse demorado excessivamente para aparecer e ainda estivesse exalando os estranhos e nocivos odores do laboratório quando finalmente fez sua agitada entrada, Charles não se mostrou nem um pouco recalcitrante e admitiu com franqueza que sua memória e equilíbrio haviam sofrido um pouco com a profunda aplicação a estudos de difícil compreensão. Não ofereceu resistência quando insistiram em removê-lo para outro local e pareceu demonstrar, na verdade, um alto grau de inteligência para além da simples memória. Seu comportamento teria deixado seus entrevistadores frustrados, se a tendência persistentemente arcaica de seu discurso e a substituição inequívoca de ideias modernas por antigas de sua consciência não o caracterizassem como definitivamente fora do normal. Sobre o trabalho, não diria nada mais ao grupo de médicos do que dissera antes à família e ao Dr. Willett, e sua carta frenética do mês anterior foi descartada como um simples ataque de nervos e histeria. Insistiu que naquele sombrio bangalô não havia biblioteca nem laboratório além dos que estavam à vista e exagerou no palavreado oculto para explicar a ausência na casa dos cheiros que impregnavam agora suas roupas. As fofocas da vizinhança ele atribuiu a nada mais que a criatividade barata de uma enorme curiosidade. Sobre o paradeiro do Dr. Allen, disse que não se sentia à vontade para falar com certeza, mas garantiu a seus interlocutores que o homem barbudo e pomposo voltaria quando fosse preciso. Ao dispensar e pagar o impassível Brava, que resistiu a todos os interrogatórios dos visitantes, e fechar o bangalô, que ainda parecia conter segredos obscuros, Ward não deu sinais de nervosismo, a não ser uma leve tendência a fazer uma pausa, como se estivesse ouvindo algum som muito fraco. Aparentemente estava renovado por uma resignação calma e filosófica, como se sua mudança fosse apenas um incidente temporário que provocaria menos problema se não resistisse, eliminando-o então de uma vez por todas. Ficou claro que confiava na agudeza imperturbável de sua mentalidade absoluta para superar os obstáculos criados pela distorção da memória, perda da voz e da escrita e pelo comportamento misterioso e excêntrico. Concordaram que sua mãe não devia ser avisada sobre a mudança e o pai iria escrever bilhetes datilografados em nome dele. Ward foi levado ao repousante e pitorescamente localizado hospital particular dirigido pelo Dr. Waite, na Ilha de Conanicut, na baía, e submetido ao escrutínio e interrogatório mais apurado possível de todos os médicos ligados ao caso. Foi então que as estranhezas físicas foram observadas, o metabolismo lento, a pele alterada e as reações nervosas desproporcionais. O Dr. Willett foi o examinador que ficou mais perturbado, pois atendera Ward durante toda a sua vida e podia avaliar com uma precisão terrível a extensão da desorganização física. Mesmo a marca de família em forma de azeitona no quadril desaparecera, enquanto no peito havia um grande sinal ou cicatriz que nunca estivera lá antes, o que fez Willett pensar se o jovem se sujeitara a fazer uma das marcas de feitiçaria que tinham fama de serem infligidas em certas reuniões noturnas doentias em locais selvagens e isolados. O médico não conseguia deixar de pensar na transcrição do registro do julgamento de uma bruxa de Salem, que Charles lhe mostrara nos velhos tempos sem mistérios, que dizia: "O senhor G.B. naquela noite pôs a marca do demônio em Bridget S., Jonathan A., Simon O., Deliverance W., Joseph C., Susan P., Mehitable C. e Deborah B.". O rosto de Ward também o perturbava terrivelmente, até que, por fim, de repente descobriu por que estava horrorizado. Acima do olho direito do rapaz havia uma coisa que ele nunca notara antes — uma pequena cicatriz ou pinta, exatamente como aquela do retrato destruído do velho Joseph Curwen, talvez atestando alguma hedionda inoculação ritualística à qual ambos haviam se submetido em determinado estágio de suas carreiras no ocultismo.

Enquanto Ward confundia todos os médicos do hospital, era mantida uma vigilância estrita sobre toda a correspondência endereçada a ele ou ao Dr. Allen, que vinha sendo entregue na casa da família a pedido do senhor Ward. Willett previu que não encontrariam muita coisa ali, já que toda a comunicação de natureza vital provavelmente teria sido trocada através de um mensageiro. Mas no final de março chegou, afinal, uma carta de Praga para o Dr. Allen, que provocou no médico e no pai uma profunda preocupação. Estava escrita numa letra rebuscada e arcaica e, embora não fosse de forma alguma o esforço de um estrangeiro, mostrava uma distância singular do inglês moderno, quase tanto quanto o discurso do próprio Charles Ward. Dizia ela:

Kleinstrasse 11,
Altstadt, Praga,
11de fevereiro de 1928.

Irmão em Almousin-Metraton: —

Recebi hoje a Menção sobre o que aconteceu com os Sais que lhe enviei. Estava errada, e isso significa claramente que os Ossos da Cabeça foram trocados quando Barnabas conseguiu o Espécime. Isso acontece com frequência, como você deve ter percebido pela Coisa que conseguiu do solo da Capela dos Reis em 1769 e pelo que H. conseguiu do Antigo Cemitério em 1690, que provavelmente foi seu fim. Eu consegui uma Coisa dessas no Egito 75 anos atrás, da qual veio aquela Cicatriz que o Rapaz viu em mim aqui em 1924. Como eu disse há muito tempo, não convoque Aquele que não puder controlar, nem a partir dos Sais mortos ou fora das Esferas além. Mantenha as Palavras de esconjuro e não deixe de usá-las se não tiver Certeza da Identidade Daquele que conjurou. As Pedras foram todas mudadas agora em Nove camadas de 10. Você nunca terá certeza enquanto não perguntar. Ouvi falar hoje que H. teve Problemas com os Soldados. Parece estar aborrecido com o fato de a Transilvânia estar passando da Hungria para a Romênia e mudaria sua Cadeira se o Castelo não estivesse cheio Daquilo que Conhecemos. Mas sem dúvida escreverá a você a esse respeito. Em minha próxima correspondência haverá Algo de uma tumba da colina a Leste que o deixará grandemente entusiasmado. Enquanto isso, não se esqueça de que quero muito B. F., se puder, talvez, consegui-lo para mim, Você conhece G. de Philada melhor que eu. Use-o primeiro, se quiser, mas não o use demais, a ponto de torná-lo Difícil, pois preciso falar com ele no Final.

Yogg-Sothoth Neblod Zin
Simon O.

Para Mr. J. C.
em Providence.

O senhor Ward e o Dr. Willett fizeram uma pausa, em absoluto caos, diante dessa aparente prova de insanidade comprovada. Conseguiram absorver apenas aos poucos o que ela parecia implicar. Então o ausente Dr. Allen, e não Charles Ward, tornara-se o líder espiritual de Pawtuxet? Isso deveria explicar a referência e a denúncia selvagens da última carta frenética do jovem. E o que dizer sobre o tratamento do estrangeiro barbudo e pomposo como "Mr. J. C."? Não havia como escapar da inferência, mas há limites para a monstruosidade possível. Quem seria "Simon O.", o homem idoso que

Ward visitara em Praga quatro anos antes? Talvez, mas nos séculos anteriores houve outro Simon O. — Simon Orne, aliás Jedediah, de Salem, que desapareceu em 1771 *e cuja letra peculiar o Dr. Willett agora reconhecia indubitavelmente a partir das cópias fotostáticas da fórmula de Orne que Charles lhe mostrara uma vez*. Que horrores e mistérios, que contradições e contravenções da Natureza retornavam após um século e meio para aterrorizar Old Providence com seus pináculos e cúpulas?

O pai e o velho médico, praticamente sem saber o que fazer ou pensar, foram ver Charles no hospital e perguntaram o mais delicadamente possível sobre o Dr. Allen, a visita a Praga e o que ele descobrira a respeito de Simon ou Jedediah Orne de Salem. O jovem polidamente se recusou a responder a todas essas questões, apenas rosnando em seu murmúrio rouco que achava que o Dr. Allen tinha uma relação espiritual notável com determinadas almas do passado e que qualquer pessoa com quem o barbudo se correspondesse em Praga provavelmente teria o mesmo dom. Quando saíram, o senhor Ward e o Dr. Willett perceberam, para sua tristeza, que haviam sido catequizados e que, sem comunicar nada vital de si mesmo, o jovem internado extraíra-lhes astutamente tudo o que a carta de Praga continha.

Os doutores Peck, Waite e Lyman não estavam propensos a atribuir muita importância à estranha correspondência do companheiro do jovem Ward, pois conheciam a tendência de excêntricos e monomaníacos de andarem juntos e acreditavam que Charles ou Allen haviam simplesmente descoberto uma contraparte expatriada – talvez alguém que vira a letra de Orne e copiara-a numa tentativa de posar como a reencarnação do personagem morto há muito tempo. Allen talvez fosse um caso parecido e pudesse ter convencido o jovem a aceitá-lo como um avatar do falecido Curwen. Essas coisas já haviam acontecido antes e, baseados nisso, os teimosos médicos descartaram a inquietação cada vez maior de Willett com a letra atual de Charles

Ward, estudadas com base em amostras não premeditadas obtidas por meio de vários artifícios. Willett achou ter finalmente descoberto a estranha semelhança: a letra se parecia vagamente com a caligrafia do falecido Joseph Curwen, mas isso os outros médicos consideraram como uma fase de imitação, algo apenas esperado em uma mania daquele tipo, e se recusaram a dar qualquer importância ao fato, fosse ele favorável ou não. Reconhecendo a atitude prosaica dos colegas, Willett aconselhou o senhor Ward a manter consigo a carta que chegara para o Dr. Allen de Rakus, Transilvânia, no dia 2 de abril, escrita numa letra tão intensa e fundamentalmente parecida com a do código de Hutchinson que tanto o pai quanto o médico esperaram um pouco, temerosos, antes de quebrar o lacre. Dizia ela o seguinte:

Castelo Ferenczy
7 de março de 1928.

Caro C.: —

Um pelotão de 20 milicianos veio falar sobre o que diz o Povo do Interior. É preciso cavar mais fundo e chamar menos Atenção. Esses Romenos são uma praga odiosa, pois são importunos e meticulosos, ao passo que os Magiares se deixavam comprar com Bebidas e Comidas.

No mês passado M. trouxe para mim da Acrópole o Sarcófago das Cinco Esfinges, onde Aquele que convoquei afirmou que estaria, e tive três Conversas *com Aquilo que nele se encontra inumado*. Irá diretamente para S.O., em Praga e, de lá, para você. É obstinado, mas você conhece o Caminho.

Você mostrou Sabedoria em ter menos do que Antes, pois não há Necessidade de manter os Guardas em Forma e comendo suas Cabeças, e isso deu muito o que Falar em Caso de Problemas, como você sabe muito bem. Agora pode mudar-se e trabalhar em outro local sem Matar o Problema se não for necessário, embora eu espere que Nada o forçará em breve a uma Ação tão Incômoda.

Regozijo-me por não ter se envolvido demais com *Aqueles de Fora*, pois sempre existe um Perigo Mortal nisso, e você sabe o que aconteceu quando pediu Proteção de Alguém que não estava disposto a dá-la.

Você me superou ao conseguir a Fórmula de modo que outro possa dizê-la com Sucesso, mas Borellus imaginou que seria assim, bastando apenas que as Palavras certas fossem obtidas. O Rapaz as usa com frequência? Lamento que ele tenha ficado tão sensível, como temi que ficasse quando o recebi aqui durante 15 Meses, mas tenho certeza de que você sabe como lidar com ele. Pode lhe dizer para abandonar a Fórmula, pois isso Funcionará apenas como a outra fórmula convocada a partir dos Sais; mas você ainda tem Mãos fortes, uma Faca e uma Pistola, e não é difícil escavar Sepulturas nem queimar Ácidos.

O. diz que você lhe prometeu B.F. Preciso dele depois. B. vai para você em breve e espero que possa lhe dar o que você deseja do Coisa Obscura embaixo de Memphis. Tome cuidado com o que convocar e acautele-se com o Garoto.

Estará amadurecido no espaço de um ano para convocar as Legiões dos Subterrâneos, e então não haverá limites para o que deve ser nosso. Confie no que eu digo, pois você conhece O. e eu tive esses 150 anos a mais que você para consultar esses Assuntos.

Nephren — Ka nai Hadoth
Edw. H.

Para J Curwen, Esq.
Providence.

Mas se Willett e o senhor Ward abstiveram-se de mostrar essa carta aos psiquiatras, por outro lado, não se abstiveram de agir por conta própria. Nenhum sofisma conhecido seria capaz de contrariar o fato de que o esquisitamente barbudo e pomposo Dr. Allen, que a carta frenética de Charles descrevera como uma ameaça monstruosa, mantinha uma correspondência íntima e sinistra com duas criaturas inexplicáveis que Ward visitara durante suas viagens e aparentemente afirmavam ser avatares de antigos companheiros de Curwen em Salem; que ele se considerava a reencarnação de Joseph Curwen e levava em conta — ou ao menos fora avisado para levar — desígnios assassinos contra um "rapaz" que dificilmente poderia ser outro que não Charles Ward. Havia uma organização de horror em ação e independentemente de quem começara, o desaparecido Allen encontrava-se, desta vez, bem no meio dela. Portanto, agradecendo aos céus pelo fato de Charles estar agora a salvo no hospital, o senhor Ward não perdeu tempo em contratar detetives para descobrir tudo o que fosse possível a respeito do misterioso e barbudo médico, de onde viera e o que Pawtuxet sabia sobre ele, bem como seu paradeiro atual. Fornecendo aos homens uma das chaves do bangalô que Charles lhe entregara, exortou-os a vasculhar o quarto vazio de Allen, que fora identificado quando os pertences do paciente haviam sido empacotados, obtendo todas as pistas que pudessem de qualquer coisa. O senhor Ward conversou com os detetives na antiga biblioteca de seu filho, e estes ficaram visivelmente aliviados ao sair de lá, pois parecia pairar no local uma vaga aura do mal. Talvez tenha sido o que ouviram sobre o infame antigo feiticeiro, cujo retrato outrora ornamentara o painel da sobrecornija, talvez algo diferente e irrelevante, mas, qualquer que seja o caso, todos eles sentiram um miasma intangível que se concentrava naqueles restos entalhados de um aposento mais antigo e às vezes quase atingia a intensidade de uma emanação material.

capítulo v

um pesadelo e um cataclismo

1

E em seguida houve aquela experiência tétrica, que deixou uma marca indelével na alma de Marinus Bicknell Willett, acrescentando uma década à idade aparente de uma pessoa cuja juventude, mesmo então, ficara bem para trás. O Dr. Willett confabulara durante muito tempo com o senhor Ward e chegaram a um acordo sobre diversos pontos que, ambos sabiam, seriam ridicularizados pelos psiquiatras. Havia no mundo, concordaram eles, um terrível movimento em atividade, cuja ligação direta com uma necromancia ainda mais antiga que a da bruxaria de Salem não podia ser contestada. Que ao menos dois homens vivos — e um terceiro, no qual nem se atreviam a pensar — haviam se apossado totalmente de mentes ou personalidades que estavam em ação desde 1690, ou mesmo antes, era uma possibilidade quase inegável, comprovada até mesmo diante de todas as leis naturais conhecidas. O que essas criaturas horríveis — bem como Charles Ward — estavam fazendo, ou tentando fazer, estava suficientemente claro em suas cartas e em cada fragmento de informações, antigas e novas, recolhidas sobre o caso. Eles estavam violando túmulos de todas as épocas, inclusive aqueles dos maiores e mais sábios homens do mundo, com a esperança de recuperar das cinzas algum vestígio da consciência e sabedoria que um dia os animaram e os formaram.

Um tráfico hediondo estava em curso entre essas assombrações noturnas, por meio do qual ossos ilustres eram barganhados com a frieza tranquila de estudantes trocando livros e, a partir do que se extraía desse pó centenário, previa-se um poder e uma sabedoria além de qualquer coisa que o cosmo jamais concentrara em um único homem ou grupo humano. Haviam descoberto maneiras profanas de manter vivos seus cérebros, fosse no mesmo corpo ou em corpos diferentes, e claramente haviam chegado a uma forma de explorar a consciência dos mortos com que se reuniam. Havia indícios de alguma verdade no que escrevera o velho e quimérico Borellus sobre preparar, usando até mesmo os restos mortais mais antigos, certos "Sais Essenciais", dos quais o espectro de um ser morto há muito tempo poderia ser reencarnado. Havia uma fórmula para evocar esse espectro e outra para esconjurá-lo, e naquele momento elas estavam tão aperfeiçoadas que podiam ser ensinadas com sucesso. Devia-se ter cuidado ao fazer as evocações, pois as lápides dos túmulos antigos nem sempre são precisas.

Willett e o senhor Ward estremeciam à medida que passavam de uma conclusão à outra. As coisas — presenças ou vozes de algum tipo — podiam ser trazidas de locais desconhecidos, bem como de túmulos e, nesse processo, também era preciso ser cuidadoso. Joseph Curwen sem dúvida evocara muitas coisas proibidas. E quanto a Charles — o que pensar sobre ele? Que forças "fora das esferas", vindas da época de Joseph Curwen, haviam-no atingido e conduzido sua mente a coisas há muito esquecidas? Ele fora levado a encontrar certas instruções e as usara. Falara com o diabólico homem de Praga e ficara durante muito tempo com aquela criatura nas montanhas da Transilvânia. E devia ter finalmente encontrado o túmulo de Joseph Curwen. A notícia publicada no jornal e os sons ouvidos por sua mãe naquela noite eram significativos demais para serem ignorados. Em seguida ele invocara algo que provavelmente atendeu ao convite. Aquela voz poderosa no andar de cima na Sexta-Feira Santa e aquelas entonações *diferentes* no laboratório do sótão trancado. Com o que se pareciam aqueles sons profundos e cavos? Não haveria ali um terrível prenúncio do estranho barbudo, Dr. Allen, e sua voz baixa e espectral? Sim, fora isso que o senhor Ward sentira com um terror vago durante sua única conversa com o homem — se é que se tratava de um homem — ao telefone!

Que consciência ou voz infernal, que sombra ou presença mórbida chegara para atender aos ritos secretos de Charles Ward por trás da porta trancada? A discussão daquelas vozes — "precisa ficar vermelho por três meses" — Bom Deus! Isso não acontecera um pouco antes de o vampirismo começar? A violação do antigo túmulo de Ezra Weeden — cujo cérebro planejara a vingança e descobrira o local banido das blasfêmias dos mais antigos — e depois os gritos em Pawtuxet? E então o bangalô e o estranho barbudo, e as especulações, e o medo. A loucura final de Charles não podia ser explicada nem pelo pai nem pelo médico, mas ambos tinham certeza de que a mente de Joseph Curwen voltara à terra e prosseguia com suas antigas morbidezes. Seria a possessão demoníaca uma possibilidade real? Allen tinha alguma coisa a ver com isso e os detetives precisavam descobrir mais coisas a respeito do homem cuja presença ameaçava a vida do jovem. Enquanto isso, como a existência de uma vasta cripta embaixo do bangalô parecia praticamente fora de dúvida, deveria ser feito um esforço para encontrá-la. Conscientes da atitude cética dos psiquiatras, Willett e o senhor Ward resolveram, durante a última conversa, fazer uma exploração conjunta com uma meticulosidade excepcional e combinaram um encontro no bangalô na manhã seguinte, com valises, certas ferramentas e acessórios adequados à busca arquitetural e à exploração subterrânea.

O dia 6 de abril amanheceu claro e os dois exploradores já se encontravam no bangalô por volta das dez horas. O senhor Ward tinha a chave, por isso entraram e fizeram uma verificação superficial. Pela condição de desordem do quarto do Dr. Allen, era óbvio que os detetives já haviam passado por lá antes, e os novos exploradores torceram para que houvessem encontrado alguma pista que pudesse ser útil. Evidentemente, a atividade principal se localizava no porão, portanto desceram sem demora, refazendo o circuito que ambos haviam tentado inutilmente da outra vez, na presença do jovem enlouquecido. Durante algum tempo, ficaram desconcertados com tudo o que viam. Todo centímetro do piso e toda parede de pedra daquele andar tinham uma aparência tão inócua e sólida que a simples ideia de uma abertura se impunha com dificuldade. Willett refletiu que, como o porão original fora escavado sem o conhecimento de quaisquer catacumbas por baixo, o início da passagem representaria a escavação estritamente moderna do jovem Ward e seus companheiros no ponto em que haviam sondado à procura de criptas antigas, cujos boatos só poderiam ter chegado até eles de uma forma insalubre.

O médico tentou se colocar no lugar de Charles para ver como poderia dar início a uma escavação, mas não teve muita inspiração com esse método. Decidiu-se então por uma estratégia de eliminação e andou com cuidado por toda a superfície do subterrâneo, tanto na vertical, como na horizontal, tentando examinar um centímetro por vez. Logo ficou substancialmente limitado e, no final, a única coisa que ficara sem ser examinada era uma pequena plataforma em frente aos baldes, que ele forçara uma vez antes, sem êxito. Tentando agora de todas as formas possíveis, e usando o dobro da força, finalmente descobriu que a parte superior realmente girava e deslizava horizontalmente sobre um eixo do canto. Abaixo dela havia uma superfície de concreto decorada com um bueiro de ferro, para a qual o senhor Ward imediatamente correu com grande entusiasmo. Não foi difícil levantar a tampa, e o Ward pai quase já a havia quase retirado quando Willett notou que sua aparência estava bastante estranha. Ele estava cambaleando vertiginosamente e, na rajada de ar nocivo que subiu pelo poço escuro, o médico logo reconheceu a causa.

Um instante depois, o companheiro do Dr. Willett caiu e ele tentou fazê-lo voltar a si com água fria. O senhor Ward reagiu debilmente, mas podia-se observar que o ar pestilento da cripta de alguma forma o envenenara gravemente. Sem querer correr riscos desnecessários, Willett foi depressa à Broad Street para chamar um táxi e logo despachou o doente para casa, apesar de seus débeis protestos. Depois disso, ele pegou sua lanterna elétrica, cobriu o nariz com uma faixa de gaze esterilizada e desceu mais uma vez para perscrutar as profundezas recém--descobertas. O ar fétido agora diminuíra ligeiramente e Willett conseguiu iluminar o buraco infernal. Por cerca de três metros abaixo tratava-se de uma queda cilíndrica abrupta, com paredes de concreto e uma escada de ferro. Depois, o buraco parecia chegar a uma escadaria de pedra que originalmente devia ir até a superfície um pouco a sudoeste da atual construção.

2

Willett admite espontaneamente que, por um momento, a lembrança das histórias sobre Joseph Curwen o impediram de descer sozinho pelo precipício malcheiroso. Não conseguia parar de pensar no que Luke Fenner relatara sobre aquela última noite monstruosa. Em seguida, a obrigação falou mais alto e ele mergulhou, levando uma grande valise para trazer quaisquer documentos que pudessem ser de suprema importância. Lentamente, como convinha a um homem da sua idade, desceu a escada e chegou aos degraus pegajosos de baixo. Tratava--se de uma construção antiga, como revelou sua lanterna, e nas paredes gotejantes viu o musgo insalubre de séculos. Os degraus levavam cada vez mais para baixo, não em espiral, mas em três curvas abruptas e tão estreitas que dois homens dificilmente poderiam passar ao mesmo tempo. Ele havia contado cerca de trinta degraus, quando ouviu um som fraco, e depois disso não teve mais disposição para continuar contando.

Tratava-se de um som pagão, um desses ultrajes monocórdios e insidiosos que não deveriam existir na natureza. Chamá-lo de um gemido embotado, um lamento arrastado ou um uivo desesperado de um corpo irracional angustiado e ferido seria perder a repugnância quintessencial e as conotações doentias daquele som. Seria isso que Ward parecia ter ouvido naquele dia em que fora levado? Era a coisa mais chocante que Willett jamais ouvira e continuou vindo de um ponto indefinido, quando o médico chegou ao final da escada e girou a lanterna sobre as paredes do corredor acima, encimado por uma cúpula ciclópica e trespassada por um sem-número de arcos negros. A sala em que se encontrava tinha cerca de quatro metros e meio de altura no centro da cúpula e dois metros e meio ou três de largura. O piso era de grandes lajes lascadas; as paredes e telhado, de alvenaria revestida. Impossível calcular o comprimento, pois ela se estendia à frente indefinidamente na escuridão. Alguns dos arcos tinham portas do tipo colonial, com seis painéis, outros, não.

Superando o terror causado pelo cheiro e pelos uivos, Willett começou a explorar esses arcos um por um, encontrando por trás deles salas com tetos de pedras abobadados, todas elas de tamanho médio e aparentemente destinadas a usos bizarros. A maioria tinha lareiras, sendo que o percurso da parte superior das chaminés daria margem a um estudo muito interessante de engenharia. Ele jamais vira antes instrumentos, ou sugestões de instrumentos, como aqueles que assomavam por todo lado, atravessando a poeira e as teias de aranha de um século e meio, algumas evidentemente desfeitas pelos antigos invasores. Pois muitas das câmaras pareciam jamais ter sido pisadas por pés modernos e deviam representar as fases iniciais e mais obsoletas das experiências de Joseph Curwen. Finalmente chegou a uma sala obviamente moderna ou, pelo menos, recentemente ocupada. Havia ali aquecedores a óleo, estantes de livros, mesas, cadeiras, armários e uma escrivaninha com pilhas de documentos de variada antiguidade e contemporaneidade. Candelabros e lampiões de óleo se encontravam em diversos locais e, ao achar um punhado de fósforos secos, Willett acendeu-os com facilidade, como se estivessem prontos para o uso.

À luz mais intensa, teve a impressão de que aquele apartamento era nada menos do que o último estúdio ou biblioteca de Charles Ward. O médico já vira muitos daqueles livros antes e grande parte da mobília claramente viera da mansão da Prospect Street. Aqui e ali havia uma peça que Willett conhecia bem, e a sensação de familiaridade ficou tão forte que ele quase esqueceu o fedor e os uivos, mais evidentes ali do que ao pé da escada. Sua primeira obrigação, planejada há muito tempo, era encontrar e pegar quaisquer documentos que parecessem de importância vital, principalmente os portentosos papéis encontrados por Charles, há tanto tempo, atrás do retrato de Olney Court. À medida que procurava, percebeu o tamanho da tarefa final, pois cada uma das pastas estava recheada de documentos com letras estranhas e desenhos curiosos, de forma que meses, ou mesmo anos, poderiam ser necessários para decifrar e escrevê-los integralmente. Em determinado momento, encontrou três grandes maços de cartas com selos de Praga e Rakus, numa caligrafia facilmente reconhecida como sendo de Orne e Hutchinson. Levou todos consigo, como parte do peso a ser carregado em sua valise.

Finalmente, em um armário de mogno trancado que antes decorava a casa de Ward, Willett encontrou o lote de antigos documentos de Curwen, reconhecendo-os por causa do vislumbre que um relutante Charles lhe permitira dar muitos anos antes. Evidentemente o jovem guardara-os juntos, da mesma forma que estavam quando os descobrira, pois todos os títulos encontrados pelos trabalhadores estavam ali, exceto os documentos endereçados a Orne e Hutchinson e o código com a chave para eles. Willett colocou o pacote todo na valise e continuou a examinar os arquivos. Como a condição imediata do jovem Ward era o assunto em jogo agora, fez uma pesquisa mais cuidadosa no material que parecia ser mais recente e, naquela abundância de manuscritos contemporâneos, observou uma particularidade desafiante. A particularidade era a pequena quantidade escrita na letra normal de Charles, que, na realidade, não incluía nada mais recente do que dois meses antes. Por outro lado, havia literalmente montanhas de símbolos e fórmulas, observações históricas e comentários filosóficos, manuscritos em garranchos absolutamente idênticos à antiga caligrafia de Joseph Curwen, embora fossem inegavelmente de uma época mais moderna. Claramente, uma parte do programa do último dia fora uma imitação diligente da antiga caligrafia do feiticeiro, que Charles parecia ter levado a um inacreditável estado de perfeição. Não havia vestígios de uma terceira mão, que poderia ter sido de Allen. Se ele houvesse realmente se tornado o líder, devia ter forçado o jovem Ward a agir como seu escriba.

Nesse novo material, uma fórmula mística, ou melhor, um par de fórmulas aparecia com tanta frequência que Willett as decorou antes mesmo de terminar a metade da sua busca. Consistiam de duas colunas paralelas, sendo a da esquerda encimada pelo símbolo arcaico chamado "Cabeça de Dragão" e usada em almanaques para indicar o nó ascendente, e a da direita, encabeçada pelo símbolo correspondente à "Cauda do Dragão", ou nó descendente. A aparência do conjunto era algo parecido com o representado abaixo e, quase inconscientemente, o médico percebeu que a segunda metade não passava de uma cópia da primeira, escrita silabicamente de trás para frente, com exceção dos monossílabos finais e do estranho nome *Yog-Sothoth*, que acabara reconhecendo com base em outras coisas que vira relacionadas a esse horrível assunto. As fórmulas eram as seguintes — *exatamente* assim, conforme Willett pode testemunhar a qualquer momento — e a primeira fez soar uma estranha nota de uma memória desconfortavelmente latente em seu cérebro, que ele reconheceu mais tarde ao examinar os acontecimentos daquela terrível Sexta-Feira Santa do ano anterior.

Y'AI 'NG'NGAH,
YOG-SOTHOTH
H'EE-L'GEB
F'AI THRODOG
UAAAH

OGTHROD AI'F
GEB'L-EE'H
YOG-SOTHOTH
'NGAH'NG AI'Y
ZHRO

Eram fórmulas tão assustadoras e apareciam com tanta frequência, que antes que o médico pudesse perceber, estava repetindo--as em sussurros. No final, contudo, achou que recolhera todos os documentos que seria capaz de examinar para obter alguma vantagem e então resolveu interromper a investigação até ter a oportunidade de trazer os céticos psiquiatras em grupo para uma procura mais ampla e sistemática. Ainda era preciso encontrar o laboratório oculto, por isso deixou sua valise na sala iluminada e voltou para o corredor fétido e escuro, em cuja abóbada ecoava sem parar aquele uivo tedioso e horripilante.

As poucas salas que verificou a seguir estavam abandonadas ou cheias de caixas destruídas e caixões de chumbo de aparência nefasta, mas ficou profundamente impressionado com a magnitude das operações originais de Joseph Curwen. Pensou nos escravos e marinheiros que haviam desaparecido, nos túmulos que haviam sido violados em todas as partes do mundo e no que deve ter visto aquele grupo que desfechara o ataque final. Decidiu então que era melhor não pensar mais. Uma grande escadaria de pedra se erguia à sua direita e ele deduziu que ela devia levar a um dos prédios externos de Curwen — talvez a famosa construção de pedras com janelas altas e estreitas —, contanto que os degraus que descera viessem da casa com telhado gambrel. Subitamente as paredes pareceram diminuir à frente, enquanto o fedor e o uivo ficavam mais fortes. Willett viu que chegara a um grande espaço aberto, tão grande que sua lanterna não seria suficiente para iluminar o outro lado, e, à medida que avançava, encontrava colunas resistentes que suportavam os arcos do telhado.

Depois de algum tempo, chegou a um círculo de colunas agrupadas como os monólitos de Stonehenge, com um grande altar esculpido sobre uma base de três degraus no centro. Ficou tão curioso com as esculturas que se aproximou para examiná-las de perto com sua lanterna elétrica. Mas quando viu o que eram, recuou com um calafrio e não parou para investigar as manchas escuras que haviam tingido a superfície e escorriam pelas bordas em finas linhas irregulares. Em vez disso, encontrou a parede mais distante e percorreu-a conforme ela se curvava em um círculo gigantesco trespassado por eventuais portas negras e recortada por uma miríade de celas rasas com grades de ferro e grilhões para punhos e tornozelos em correntes presas à pedra da alvenaria côncava do fundo. Essas celas estavam vazias, mas, mesmo assim, o cheiro horrível e o lamento lúgubre continuavam, agora mais insistentes do que nunca e, aparentemente, davam lugar às vezes a uma espécie de pancada viscosa.

3

Willett não era mais capaz de desviar sua atenção daquele cheiro horripilante e do som misterioso. Estavam ambos mais claros e asquerosos na grande sala de colunas do que em qualquer outro local e davam uma vaga impressão de estarem muito abaixo, mesmo naquele escuro mundo inferior de mistérios subterrâneos. Antes de tentar ver se algum daqueles arcos negros tinha degraus para descer ainda mais, o médico iluminou o chão de pedra marcada. Era frouxamente recoberto e, a intervalos regulares, havia uma laje curiosamente perfurada por pequenos buracos num padrão indefinido, enquanto em um ponto havia uma longa escada que mergulhava negligentemente. E a essa escada, de forma bastante singular, parecia agarrar-se uma parte particularmente grande do terrível odor que tomava conta do lugar. À medida que se dirigia lentamente para lá, ocorreu de repente a Willett que tanto o barulho quanto o cheiro eram mais fortes acima das lajes estranhamente perfuradas, como se elas fossem alçapões grosseiros acima de uma região de horror ainda mais profunda. Ajoelhando sobre uma delas, tateou com as mãos e descobriu que era capaz de movê-la com extrema dificuldade. Assim que encostou nela, os gemidos que vinham de baixo aumentaram um tom, e foi com um enorme terror que ele persistiu no esforço de levantar a pesada pedra. Um fedor inominável o atingiu e sua cabeça vacilou com força enquanto ele puxava a laje para trás e virava a lanterna para o espaço quadrado exposto de escuridão absoluta.

Se estava esperando por um lance de escadas que levasse a um amplo abismo de extrema abominação, Willett ficaria desapontado, pois, em meio àquele fedor e lamentos estrondosos, ele distinguiu apenas a parte superior de tijolos de um poço cilíndrico, talvez de um metro e meio de diâmetro, desprovido de escada ou outros meios para descer. À medida que a lanterna iluminava o fundo, os lamentos se transformaram subitamente em uma série de uivos medonhos, vindo junto, de novo, aquele som de arrasto cego, inútil e pancadas viscosas. O explorador estremeceu, não querendo sequer imaginar que tipo de coisa nociva poderia estar oculta naquele abismo; mas logo reuniu coragem para espreitar sobre o precipício escavado rusticamente, estendendo-se no chão e esticando o braço com a lanterna totalmente para ver o que poderia estar lá embaixo. Por um breve momento não conseguiu distinguir nada além das paredes de tijolos viscosas e cobertas de musgos, mergulhando infinitamente naquele miasma meio tangível de trevas e imundície e delírio angustiado. Viu então que alguma coisa escura estava pulando desajeitada e freneticamente para cima e para baixo no fundo do túnel estreito, talvez seis a sete metros abaixo do piso de pedra onde ele se encontrava deitado. A lanterna balançou em sua mão, mas ele olhou de novo para ver que tipo de criatura viva poderia estar enclausurada ali, na escuridão daquele poço sobrenatural, abandonada, faminta, pelo jovem Ward durante todo o longo mês desde que os médicos o haviam levado embora; e, claramente, apenas uma de um vasto número aprisionado nos poços semelhantes, cujas tampas de pedra perfurada cobriam abundantemente o piso da grande caverna abobadada. Fossem o que fossem, não poderiam se deitar naquele espaço limitado, mas deviam estar acocoradas e choramingando, esperando, debilmente saltando durante todas aquelas semanas hediondas, ignoradas desde que seu mestre as abandonara.

Mas Marinus Bicknell Willett lamentou ter olhado de novo, pois, embora fosse um cirurgião e veterano da sala de dissecação, nunca mais foi o mesmo desde então. É difícil explicar exatamente como uma simples olhada para um objeto tangível e com dimensões mensuráveis pode ter abalado e mudado tanto um homem; a única coisa que se pode dizer é que existe um poder de simbolismo e sugestão sobre certas linhas e entidades que age de forma aterrorizante de uma perspectiva de um pensador sensível e sussurra terríveis sugestões de relações cósmicas obscuras e realidades inomináveis por trás da ilusão protetora da visão comum. Nessa segunda olhada, Willett viu esse contorno ou entidade, pois durante os poucos instantes seguintes ele ficou indubitavelmente tão desequilibrado e louco como qualquer interno do hospital privado do Dr. Waite. Deixou cair a lanterna de uma mão desprovida de força muscular ou coordenação motora e sequer prestou atenção ao som de dentes triturando, que anunciava o seu destino no fundo do poço. Gritou e gritou e gritou numa voz cujo pânico em falsete nenhum de seus amigos jamais reconheceria como sua e, embora não conseguisse ficar de pé, rastejou e rolou desesperadamente para longe do piso viscoso, onde dúzias de poços infernais despejavam seus lamentos e uivos exaustos em resposta a seus próprios gritos insanos. Arranhou as mãos nas pedras ásperas e soltas e diversas vezes machucou a cabeça nas numerosas colunas, mas mesmo assim continuou em frente. E, então, finalmente recuperou a razão em meio a uma escuridão absoluta e um fedor medonho, e tapou os ouvidos para não ouvir os gemidos monótonos a que se reduzira a explosão de uivos. Estava encharcado de suor, sem meios de iluminar o caminho, apavorado e nervoso na escuridão e horror abismal, e esmagado por uma lembrança que jamais poderia apagar. Abaixo dele, dúzias daquelas coisas ainda estavam vivas e a tampa de um poços fora retirada. Ele sabia que aquilo que vira jamais seria capaz de subir pelas paredes escorregadias, mas estremeceu ao pensar que poderia haver algum obscuro apoio para os pés.

O que era a coisa, ele jamais diria a ninguém. Parecia-se com uma das esculturas do altar diabólico, mas estava viva. A natureza jamais fizera nada parecido, pois aquilo estava visivelmente *inacabado*. As deficiências eram do tipo mais surpreendente e as anormalidades das proporções, indescritíveis. Willett concordou apenas em dizer que aquele tipo de coisa deve ter representado entidades que Ward convocara de *sais imperfeitos* e mantivera com objetivos servis ou ritualísticos. Se não tivesse uma certa importância, sua imagem não teria sido esculpida naquela maldita pedra. Não era a pior figura representada na pedra — mas Willett nunca abriu os outros poços. Na época, a primeira ideia que lhe veio à cabeça foi um parágrafo insignificante das antigas informações sobre Curwen que lera muito tempo antes, uma frase utilizada por Simon ou Jedediah Orne naquela fatídica carta endereçada ao falecido feiticeiro:

"Certamente não havia Nada além do mais vigoroso Horror naquilo que H. convocou a partir Daquilo que conseguiu reunir apenas uma parte."

Em seguida, complementando horrivelmente aquela imagem, em vez de afastá-la, veio a recordação daqueles antigos e persistentes rumores a respeito da coisa queimada e retorcida encontrada nos campos uma semana antes do ataque a Curwen. Charles Ward contara certa vez ao médico o que o velho Slocum dissera sobre aquele objeto, que não era completamente humano nem parecido com qualquer animal que o povo de Pawtuxet jamais vira ou sobre o qual lera.

Aquelas palavras zumbiam na cabeça do médico à medida que ele ia de um lado para outro, engatinhando no chão de pedra nitrosa. Tentou expulsá-las do pensamento, repetindo o "Pai-Nosso" em voz baixa e acabou enredando-se numa mixórdia mnemônica como a a moderníssima *Terra Devastada*, de T. S. Eliot, e finalmente revertendo à repetidíssima fórmula dupla encontrada há pouco na biblioteca subterrânea de Ward: "*Y'ai 'ng'ngah, Yog-Sothoth*" e assim por diante, até o final sublinhado "*Zhro*". Isso pareceu tranquilizá-lo e ele levantou, vacilante, depois de algum tempo, lamentando amargamente o susto que o fez perder a lanterna e procurando como um louco um lampejo qualquer de luz em meio àquele breu envolvente e ar enregelante. Não seria capaz de pensar, mas forçou a vista em todas as direções, procurando por um leve brilho ou reflexo da forte iluminação que deixara na biblioteca. Um pouco mais tarde, achou ter detectado o vislumbre de um lume infinitamente distante e engatinhou até ele com um cuidado agonizante, em meio ao fedor e lamentos, sempre tateando à frente para evitar bater em uma das numerosas colunas ou tropeçar no abominável poço que destampara.

Em determinado momento, seus dedos trêmulos tocaram algo que ele reconheceu como os degraus que levavam ao altar diabólico, e recuou enojado. Em outro, encontrou a laje perfurada que retirara e então sua cautela tornou-se digna de pena. Mas afinal não se aproximou da temida abertura e nada saiu de lá para detê-lo. Aquilo que estava embaixo não emitiu nenhum som nem fez o menor movimento. Evidentemente, a lanterna elétrica fora mastigada e não lhe fizera bem. Cada vez que os dedos de Willett tocavam uma laje perfurada, ele estremecia. Sua passagem sobre aquilo às vezes aumentava os gemidos abaixo, mas em geral não produzia o menor efeito, já que ele se movia em silêncio absoluto. Diversas vezes, conforme progredia, o brilho à frente diminuía perceptivelmente e ele se deu conta que as diversas velas e lamparinas que deixara acesas deviam estar se apagando uma a uma. O pensamento de ficar perdido numa escuridão total, sem fósforos, naquele mundo subterrâneo de pesadelo e labirintos, o impeliu a ficar de pé e correr, o que podia fazer com segurança agora, após ter passado o poço aberto, pois sabia que assim que a última vela apagasse, sua única esperança de salvação e sobrevivência seria um grupo de resgate enviado pelo senhor Ward, quando achasse que ele estava demorando demais. Nesse instante, contudo, ele saiu do espaço aberto, entrou no corredor estreito e localizou definitivamente o brilho como vindo de uma porta à sua direita. Rapidamente chegou até ela e se viu mais uma vez na biblioteca secreta do jovem Ward, tremendo, aliviado, e observando os lampejos da última lamparina que o trouxera de volta à segurança.

4

Em seguida, começou a encher as lamparinas apagadas com o suprimento de óleo que encontrara antes e, quando a sala ficou iluminada de novo, deu uma olhada para ver se encontrava uma lanterna para explorar mais um pouco. Estava firmemente decidido a não deixar pedra sobre pedra em sua busca pelos fatos hediondos por trás da estranha loucura de Charles Ward. Incapaz de encontrar uma lanterna, pegou a menor lamparina, enchendo também os bolsos com velas e fósforos e levando consigo uma lata de óleo, que pensou em manter de reserva fosse qual fosse o laboratório oculto que pudesse encontrar por trás do terrível espaço aberto com seu altar imundo e inomináveis poços tampados. Atravessar de novo aquele espaço exigiria dele o último resquício de coragem, mas sabia que era preciso. Felizmente, nem o altar aterrorizante nem o poço aberto ficavam perto da grande parede cheia de celas ligadas à área da caverna, cujos misteriosos arcos negros formariam os próximos objetos de uma busca lógica.

Assim, Willett voltou ao grande hall com colunas, fedor e lamentos angustiados, diminuindo a lamparina para evitar o menor vislumbre do altar diabólico ou do poço aberto com a laje de pedra perfurada ao lado. A maior parte dos portais pretos levava simplesmente a câmaras menores, algumas delas vazias e outras claramente utilizadas como depósitos e, em várias destas últimas, ele viu um acúmulo curioso de diversos objetos. Uma estava cheia de fardos apodrecidos e empoeirados de roupas sobressalentes, e o explorador tremeu ao perceber que eram inequivocamente de um século e meio atrás. Em outra sala, encontrou uma grande quantidade de peças de roupas modernas, como se estivessem sendo feitas provisões gradativas para um grande grupo de homens. Mas do que menos gostou de tudo aquilo foram as gigantescas cubas de cobre espalhadas. Elas e as incrustações sinistras gravadas nelas. Gostou ainda menos delas do que das vasilhas de chumbo com estranhas figuras, cujas bordas continham depósitos odiosos que exalavam cheiros repulsivos, perceptíveis até mesmo sobre o mau cheiro geral da cripta. Após ter percorrido a metade do círculo completo da parede, encontrou outro corredor como aquele por onde viera e do qual se abriam várias portas. Entrou nele para investigar e, depois de passar por três portas de tamanho médio e sem conteúdo significativo, chegou finalmente a um grande cômodo oblongo, cujos tanques e mesas de aparência profissional, fornos e instrumentos modernos, livros ocasionais e intermináveis prateleiras de jarras e garrafas proclamavam como sendo realmente o tão procurado laboratório de Charles Ward — e, sem dúvida, do velho Joseph Curwen antes dele.

Após acender as três lamparinas que encontrou cheias e prontas para uso, o Dr. Willett examinou o local e toda a parafernália que havia ali com o mais agudo interesse, observando, pelas quantidades relativas de vários reagentes nas prateleiras, que o interesse dominante do jovem Ward devia ter sido algum ramo da química orgânica. De modo geral, pouco se pôde depreender do conjunto científico, que incluía uma horrível mesa de dissecação, de forma que a sala foi uma decepção afinal. Entre os livros, havia uma velha cópia em péssimas condições de Borellus em caracteres góticos, e foi estranhamente interessante observar que Ward sublinhara a mesma passagem cuja marcação tanto perturbara o bom senhor Merritt na fazenda de Curwen mais de um século e meio antes. Aquela antiga cópia, obviamente, deve ter sido destruída com o restante da biblioteca oculta de Curwen no ataque final. Três arcos se abriam do laboratório, e o médico examinou-os um por um. Em um exame superficial, viu que dois levavam apenas a depósitos menores, mas sondou-os com cuidado, observando as pilhas de caixões em diferentes estados de avaria e estremecendo violentamente diante de dois ou três, cujas inscrições conseguiu decifrar. Havia também muitas roupas armazenadas nessas salas, além de diversas caixas novas e firmemente pregadas as quais ele não parou para examinar. O mais interessante de tudo talvez tenham sido alguns estranhos cacos que ele achou serem fragmentos dos instrumentos de laboratório do velho Curwen. Haviam sofrido danos nas mãos dos atacantes, mas ainda eram parcialmente reconhecíveis como a parafernália química do período georgiano.

O terceiro arco dava para uma sala de tamanho considerável, repleta de prateleiras, tendo no centro uma mesa com duas lamparinas em cima. Willett acendeu-as e, sob o brilho intenso que emitiam, estudou as prateleiras infindáveis que o cercavam. Algumas das mais altas estavam totalmente vazias, mas a maioria do espaço estava preenchido com jarros de chumbo de aspecto estranho de dois tipos, um alto e sem alças, como um *lekythos* grego, ou jarro de óleo, e o outro com uma única alça e bem proporcionado, como um jarro de Falero. Todos tinham tampas de metal e estavam recobertos de símbolos peculiares em baixo-relevo. Num determinado momento, o médico percebeu que esses jarros estavam classificados com muita rigidez. Todos os *lekythoi* ficavam num lado da sala com uma grande placa de madeira onde se lia "Custodes", e todos os de Falero do outro, também rotulados por uma placa com os dizeres "Materia".

Todos os jarros, com exceção de alguns nas prateleiras de cima que se revelaram vazios, exibiam uma etiqueta de papelão com um número que aparentemente se referia a um catálogo, e Willett resolveu procurar por ele. No momento, contudo, estava mais interessado no conjunto como um todo e abriu ao acaso diversos *lekythoi* e Faleros, com o objetivo de ter uma ideia geral e superficial. O resultado foi o mesmo. Os dois tipos de jarros continham uma pequena quantidade de um único tipo de substância, uma poeira fina, muito leve, de diversas tonalidades de uma cor desmaiada, neutra. Para as cores, que constituíam o único ponto de variação, não havia um método aparente de classificação e nenhuma das distinções entre o que continha nos *lekythoi* e o que continha nos jarros de Falero. Um pó verde-azulado podia estar ao lado de um branco-rosado, e qualquer um dos de Falero podia ter um correspondente exato em um *lekythos*. O aspecto mais individual dos pós era a sua não aderência. Willett espalhou um em sua mão e, ao voltar a colocá-lo no jarro, descobriu que não ficara o menor resíduo na palma.

O significado das duas placas deixaram-no desconcertado, e ele se perguntou por que essa bateria de substâncias químicas estava separada tão radicalmente daquelas em jarros de vidro das prateleiras do laboratório em si. "Custodes" e "Materia" eram as palavras latinas para "Guardas" e "Materiais" respectivamente — e então teve um lampejo de memória quanto ao local onde vira aquela palavra "Guardas" antes, em relação a esse horrível mistério. Foi, é claro, na carta recente ao Dr. Allen que parecia enviada pelo velho Edwin Hutchinson, e a frase dizia: "Não há necessidade de manter os Guardas em Forma e devorar suas Cabeças, e isso deu muito o que falar em Caso de Problemas, como você também sabe muito bem". O que significava isso? Mas, espere — não havia ainda outra referência a "guardas" nesse caso, que ele esquecera totalmente ao ler a carta de Hutchinson? Nos velhos tempos sem segredos, Ward lhe falara do diário de Eleazar Smith, que registrava a espionagem de Smith e Weeden na fazenda de Curwen e, naquela crônica atroz, foram mencionadas conversas entreouvidas antes de o velho feiticeiro se dirigir integralmente ao fundo da terra. Houvera, insistiam Smith e Weeden, colóquios terríveis em que estavam presentes Curwen, alguns de seus prisioneiros *e os guardas desses prisioneiros*. Esses guardas, de acordo com Hutchinson ou seu avatar, haviam "devorado suas cabeças", de modo que agora o Dr. Allen não as mantinha *em forma*. E, se não estavam *em forma*, como conservar com os "sais", aos quais aquele bando do feiticeiro estava decidido a reduzir o máximo de corpos humanos ou esqueletos que pudessem?

Então era *isso* o que aqueles *lekythoi* continham, o fruto monstruoso de ritos e atos heréticos, provavelmente derrotados ou forçados a essa submissão como que para ajudar, quando convocados por algum tipo de encantamento diabólico, na defesa de seu mestre blasfemo, ou para interrogar aqueles que não estavam tão dispostos a colaborar. Willett estremeceu ao pensar no que pusera e retirara de sua mão e, por um instante, teve vontade de fugir em pânico daquela caverna cheia de prateleiras hediondas, com suas sentinelas silenciosas e, talvez, vigilantes. Então lembrou-se da "Materia" — na miríade de jarros de Falero do outro lado da sala. Sais também — e se não se tratava dos sais dos guardas, do que seriam? Deus! Seria possível que se encontrassem ali as relíquias mortais de metade dos pensadores titânicos de todos os tempos, retirados por espíritos supremos das criptas onde o mundo pensava que estavam a salvo, e submetidos às ordens de homens maus, que tentavam drenar o conhecimento deles para uma finalidade ainda pior, cujo efeito final atingiria, conforme dera a entender o pobre Charles em sua carta frenética, "toda a civilização, toda a lei natural, talvez até mesmo o destino do sistema solar e do universo"? E Marinus Bicknell Willett polvilhara a poeira deles nas próprias mãos!

Ele observou então uma pequena porta no canto mais afastado da sala e acalmou-se o suficiente para chegar mais perto e examinar o sinal grosseiro entalhado acima. Era apenas um símbolo, mas encheu-o de um vago terror espiritual, pois um amigo seu, mórbido e sonhador, certa vez desenhara-o numa folha de papel e lhe contara algumas das coisas que ele significa no escuro abismo do sono. Era o sinal de Koth, que os sonhadores veem fixado acima do arco de uma certa torre negra isolada ao crepúsculo — e Willett não gostara do que seu amigo, Randolph Carter, dissera sobre seus poderes. Mas logo após ele esqueceu o sinal, ao reconhecer um novo odor acre no ar fedorento. Este cheiro era de uma substância química, não de um animal, e vinha claramente da sala atrás da porta. E era, sem sombra de dúvida, o mesmo cheiro que saturava a roupa de Charles Ward no dia em que os médicos o levaram embora. Então era aqui que o jovem fora interrompido pela intimação final? Ele foi mais ajuizado do que o velho Joseph Curwen, pois não resistira. Corajosamente determinado a entrar em todos os enigmas e pesadelos que esse reino inferior pudesse conter, Willett pegou a pequena lamparina e cruzou a soleira. Uma onda de um medo inominável rolou ao seu encontro, mas ele não cedeu a nenhum impulso nem se submeteu a nenhuma intuição. Não havia nada vivo ali para lhe fazer mal e ele não deixaria de adentrar na profundeza da nuvem sobrenatural que engolfou seu paciente.

A sala por trás da porta tinha tamanho médio e nenhuma mobília, com exceção de uma mesa, uma cadeira simples e dois conjuntos de máquinas curiosas com braçadeiras e rodas, que Willett reconheceu após um tempo como instrumentos medievais de tortura. Em um lado da porta havia um suporte para chicotes brutais e, acima, algumas prateleiras com fileiras vazias de copos rasos em pedestais de chumbo, parecidos com os *kylikes* gregos. Do outro lado estava a mesa, com uma potente lâmpada de Argand, um bloco e um lápis e dois *lekythoi* tampados como os das prateleiras externas, largados de forma irregular, como algo provisório ou precipitado. Willett acendeu a lâmpada e examinou cuidadosamente o bloco para ver que notas Ward poderia estar tomando quando foi interrompido, mas não encontrou nada mais inteligível que os seguintes fragmentos desconexos naquela caligrafia garatujada de Joseph Curwen, que não lançou nenhuma luz sobre o caso em geral:

> "B. não morreu. Escapou pelas paredes e encontrou um Lugar embaixo."
>
> "Vi o Velho V. dizer o Sabaoth e soube qual era o Caminho."
>
> "Invoquei *Yog-Sothoth* três vezes e no Dia seguinte fui atendido."
>
> "F. tentou erradicar todos Aqueles que sabem como invocar as Criaturas do Além."

Como a forte claridade da lâmpada de Argand iluminava a câmara inteira, o médico viu que a parede oposta à porta, entre os dois grupos de instrumentos de tortura dos cantos, estava coberta de cavilhas, nas quais estava pendurado um conjunto de roupas disformes de um branco amarelado tétrico. Mas ainda mais interessante eram as duas paredes vazias, ambas maciçamente cobertas de símbolos e fórmulas místicos, entalhados de forma grosseira nas lisas pedras lavradas. O piso úmido também tinha marcas de escavação e, sem muita dificuldade, Willett decifrou um gigantesco pentagrama no centro, com um círculo simples de cerca de um metro de diâmetro, a meio caminho entre este e cada canto. Em um desses quatro círculos, perto de onde uma veste amarelada fora descuidadamente jogada, havia um *kylix* raso do tipo que se podia encontrar nas prateleiras em cima do suporte para chicotes, e do lado de fora, havia um dos jarros de Falero das prateleiras da outra sala, etiquetado com o número 118. Estava destampado e, ao examiná-lo, estava vazio, mas o explorador viu, estremecendo, que o *kylix* não estava. Na parte rasa, preservada ali graças à ausência de vento naquela caverna afastada, havia uma pequena quantidade de um pó seco, eflorescente, verde-claro, que devia ter pertencido ao jarro, e Willett cambaleou diante das implicações que desabaram sobre ele à medida que correlacionava aos poucos os diversos elementos e antecedentes da cena. Os chicotes e instrumentos de tortura, o pó ou sais do pote de "Materia", os dois *lekythoi* da prateleira dos "Custodes", as roupas, as fórmulas nas paredes, as notas no bloco, as pistas das cartas e lendas e os milhares de olhadelas, dúvidas e suposições que acabaram atormentando os amigos e pais de Charles Ward — tudo isso engolfou o médico em um vagalhão de horror, enquanto ele olhava para aquele pó esverdeado espalhado no *kylix* de chumbo sob o pedestal no chão.

Com um grande esforço, contudo, Willett se recompôs e começou a estudar as fórmulas entalhadas nas paredes. Pelo estado das letras manchadas e incrustradas, era óbvio que haviam sido escavadas na época de Joseph Curwen, e o texto era vagamente familiar a qualquer pessoa que houvesse lido boa parte do material de Curwen ou se aprofundado extensivamente na história da magia. Um deles o médico reconheceu com facilidade como sendo aquilo que a senhora Ward ouvira o filho cantar naquela fatídica Sexta-Feira Santa, um ano antes, e aquilo que uma autoridade dissera a ele tratar-se de uma terrível invocação, destinada a divindades secretas fora das esferas normais. Não estava escrita aqui exatamente da forma como a senhora Ward dissera de memória, nem como a autoridade mostrara a ele nas páginas proibidas de "Eliphas Levi", mas a identidade era inequívoca, e palavras como *Sabaoth*, *Metraton*, *Almousin* e *Zariatnatmik* provocaram um estremecimento de terror no explorador que vira e sentira uma quantidade tão grande de abominação cósmica prestes a acontecer.

Isso estava na parede à esquerda da entrada. A parede da direita estava igualmente cheia de inscrições, e Willett sentiu que começava a reconhecê-las quando chegou ao par de fórmulas tão recorrente nas notas recentes da biblioteca. Eram, em termos gerais, as mesmas, com os antigos símbolos da "Cabeça de Dragão" e da "Cauda de Dragão" acima delas, como nos rabiscos de Ward. Mas a ortografia era muito diferente daquela das versões modernas, como se o velho Curwen tivesse uma forma diferente de registrar o som, ou como se estudos posteriores houvessem evoluído com maior força e aperfeiçoado variáveis das invocações em questão. O médico tentou reconciliar a versão entalhada com a que ainda ressoava insistentemente em sua cabeça, e achou difícil fazê-lo. Enquanto a escrita que ele decorara começava com "*Y'ai 'ng'ngah, Yog-Sothoth*", esta epígrafe começava com "*Aye, engengah, Yogge-Sothotha*", o que, em sua opinião, iria interferir seriamente com a silabação da segunda palavra.

Em vista da forma como o último texto estava entranhado em sua consciência, a discrepância o perturbou e ele deu por si entoando a primeira fórmula, num esforço para enquadrar o som que concebia para as letras que encontrou entalhadas. Sua voz repercutia entranha e ameaçadoramente naquele abismo de blasfêmias antigas, as ênfases se harmonizavam com um cântico monótono por meio da magia do passado e do desconhecido, ou por meio do exemplo diabólico do lamento maçante dos poços, cujas cadências inumanas subiam e desciam ritmadamente a distância, em meio ao fedor e à escuridão.

Y'AI 'NG'NGAH,
YOG-SOTHOTH
H'EE-L'GEB
F'AI THRODOG
UAAAH!

Mas o que era aquele vento gelado que surgiu no exato minuto em que se iniciou o cântico? As lamparinas vacilaram tristemente e a escuridão aumentou de uma forma tão intensa que as letras das paredes quase desapareceram de vista. Havia fumaça também, e um cheiro acre quase superou o fedor dos poços distantes. Um cheiro como aquele que sentira antes, embora infinitamente mais forte e pungente. Ele deu as costas às inscrições para contemplar a sala com seu estranho conteúdo e viu que do *kylix* no chão, no qual o nefasto pó eflorescente se encontrava, emanava uma densa nuvem de vapor negro-esverdeado de volume e opacidade surpreendentes. Aquele pó — Bom Deus! viera da prateleira de "Materia" — o que estaria fazendo agora e o que provocara aquilo? A fórmula que ele estivera cantando — a primeira do par — Cabeça de Dragão, *nó ascendente* — Deus todo-poderoso, seria possível isso?...

O médico cambaleou e por sua cabeça passaram fragmentos totalmente incoerentes de tudo o que vira, ouvira e lera sobre o horripilante caso de Joseph Curwen e Charles Dexter Ward. "Repito-lhe mais uma vez, não convoque Aquele que não for capaz de exorcizar... Tenha sempre preparadas as Palavras para o esconjuro e não demore a utilizá-las quando houver alguma dúvida sobre *Quem* você... Três Conversas com o *Que se encontra ali inumado*..." *Que os céus tenham misericórdia, o que seria aquele vulto por trás da fumaça que se dissipava?*

5

Marinus Bicknell Willett não tinha a menor esperança de que alguém fosse acreditar em qualquer parte de sua aventura, a não ser alguns amigos mais complacentes, portanto, não fez nenhuma tentativa de contá-la a quem não pertencesse ao seu círculo mais íntimo. Apenas poucas pessoas de fora ouviram-na e passaram adiante, sendo que a maioria ria e observava que o médico certamente estava envelhecendo. Aconselharam-no a tirar umas férias bem longas e evitar os futuros casos que tratassem de distúrbios mentais. Mas o senhor Ward sabe que o médico veterano falava apenas uma verdade terrível. Ele mesmo não vira a abertura para o porão nauseabundo do bangalô? Willett não o enviara de volta para casa, derrotado e doente, às onze horas daquela fatídica manhã? Ele não ligara inutilmente para o médico naquela tarde e no dia seguinte, e não dirigira até o bangalô ao meio-dia do dia seguinte, encontrando seu amigo inconsciente, mas ileso, em uma das camas do andar de cima? Willett estava estertorando e abriu os olhos lentamente quando o senhor Ward lhe deu um pouco do conhaque que fora buscar no carro. Em seguida, ele estremeceu e exclamou aos gritos, "*Essa barba... esses olhos... Deus, quem é você?*" Uma coisa muito estranha para se dizer a um cavalheiro de olhos azuis e bem barbeado que ele conhecia desde a juventude.

A claridade do sol do meio-dia, o bangalô estava do mesmo jeito que na manhã anterior. A roupa de Willett não exibia nenhuma desordem, a não ser por algumas manchas e esfolamentos nos joelhos, e apenas um leve odor acre lembrava ao senhor Ward aquele mesmo cheiro que sentira no filho no dia em que ele fora levado para o hospital. A lanterna do médico não estava lá, mas sua valise estava a salvo, vazia como quando ele a trouxera. Antes de começar a dar explicações, e obviamente com uma enorme força moral, Willett cambaleou vertiginosamente até o porão e experimentou a fatídica plataforma diante das cubas. Ela resistiu. Indo até o local em que deixara a sacola de ferramentas não utilizada na véspera, pegou um cinzel e começou a forçar as tábuas inflexíveis uma por uma. Por baixo, o concreto liso ainda era visível, mas não havia mais vestígios de abertura ou perfuração. Desta vez nenhum miasma emanava para deixar doente o perplexo pai, que acompanhara o médico escada abaixo. Havia apenas o concreto liso sob as tábuas — nenhum poço nauseabundo, nenhum mundo de horrores subterrâneos, nenhuma biblioteca secreta, nenhum documento de Curwen, nenhum poço de pesadelo com fedor e gemidos, nenhum laboratório ou prateleiras ou fórmulas entalhadas, nenhum... o Dr. Willett empalideceu e agarrou-se ao homem mais velho. "Ontem — perguntou ele suavemente — você viu aqui... e sentiu o cheiro?" E quando o senhor Ward, ele mesmo transfixado pelo terror e assombro, encontrou forças para acenar uma afirmação, o médico emitiu um som, metade suspiro, metade arquejo, e assentiu também. "Então vou contar o que aconteceu", disse ele.

Então, durante uma hora, na sala mais ensolarada que conseguiram encontrar no andar de cima, o médico sussurrou sua horripilante aventura ao assombrado pai. Não havia nada para relatar além do vulto que assomou quando o vapor negro-esverdeado saiu do *kylix*, e Willett estava esgotado demais para se perguntar o que acontecera realmente. Houve acenos de cabeça desconcertados e fúteis de ambos os homens, e a certa altura o senhor Ward se aventurou a fazer uma sugestão abafada, "Você acha que adiantaria cavar?" O médico ficou em silêncio, pois parecia uma pergunta difícil de ser respondida por qualquer cérebro humano, quando poderes de esferas desconhecidas haviam se impingido com tanta vitalidade do lado de cá do Grande Abismo. O senhor Ward perguntou mais uma vez? "Mas para onde foi aquilo? Ele trouxe você para cá, você sabe, e lacrou o buraco de alguma forma." E Willett novamente deixou que o silêncio respondesse.

Mas, apesar de tudo, o assunto não se encerrou aí. Ao pegar o seu lenço antes de levantar para sair, os dedos do Dr. Willett se fecharam em um pedaço de papel no bolso que não estava lá antes, junto às velas e fósforos que pegara na caverna escura. Era uma folha de papel comum, arrancada provavelmente do bloco barato que havia naquela fabulosa sala de horror em algum lugar do subterrâneo, e as letras sobre ela haviam sido escritas com um lápis grafite normal — sem dúvida o mesmo que se encontrava ao lado do bloco. Estava descuidadamente dobrado e, além de um discreto cheiro acre da câmara enigmática, não tinha nenhuma impressão ou marca de qualquer outro mundo que não fosse este. Mas o texto em si realmente exalava mistério, pois nele não constava a caligrafia de nenhuma era saudável, e sim os traços rebuscados das trevas medievais, dificilmente legíveis pelos leigos que agora se debruçavam sobre ele, mesmo tendo combinações de símbolos que pareciam vagamente familiares. A mensagem rapidamente rabiscada era esta abaixo, e seu mistério impulsionou os dois homens abalados, que sem demora foram decididamente até o carro de Ward e pediram para ser levados, primeiro a um restaurante tranquilo e depois, à Biblioteca John Hay, na colina.

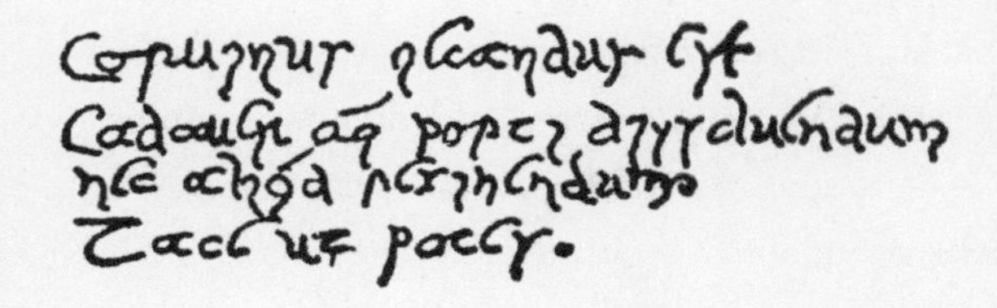

Na biblioteca foi fácil encontrar bons manuais de paleografia, e ambos ficaram decifrando-os até as luzes se acenderem no grande candelabro. No final encontraram o que queriam. As letras realmente não eram uma invenção fantástica, mas a caligrafia normal de um período muito obscuro. Eram as minúsculas saxônicas pontudas do século VIII ou IX d.C., e traziam consigo memórias de uma época inculta em que, sob o verniz fresco do cristianismo, antigas fés e ritos agiam furtivamente e a pálida lua da Bretanha algumas vezes assistia a estranhas atividades nas ruínas romanas de Caerleon e Hexham e junto às torres ao longo das ruínas da muralha de Adriano. As palavras estavam escritas num latim que uma era bárbara poderia recordar — "*Corvinus necandus est. Cadaver aq(ua) forti dissolvendum, nec aliq(ui) d retinendum. Tace ut potes.*" — o que poderia ser traduzido grosseiramente em, "Curwen tem que ser morto. O corpo precisa ser dissolvido em água-forte, até não restar nada. Guarde o maior silêncio possível."

Willett e o senhor Ward ficaram mudos e desconcertados. Haviam conhecido o desconhecido e descoberto que lhes faltava a emoção certa para reagir àquilo da forma que imaginavam vagamente como sendo a necessária. Com Willett, em particular, a capacidade de receber novas impressões de temor estava absolutamente esgotada, e os dois homens ficaram ali sentados, imóveis e indefesos, até que o fechamento da biblioteca obrigou-os a sair. Dirigiram-se apaticamente à mansão Ward na Prospect Street e conversaram à toa noite adentro. O médico descansou ao amanhecer, mas não foi para casa. E ainda se encontrava lá no domingo ao meio-dia, quando veio um telefonema dos detetives que haviam sido encarregados de vigiar o Dr. Allen.

O senhor Ward, que estava andando nervosamente para lá e para cá de roupão, respondeu à ligação em pessoa e falou para os homens virem no dia seguinte bem cedo, ao saber que o relatório estava quase pronto. Willett e ele ficaram contentes pelo fato daquela fase do assunto estar tomando forma, pois, fosse qual fosse a origem da estranha e minúscula mensagem, tudo indicava que o "Curwen" que devia ser destruído não era outro que o estranho barbudo e de óculos. Charles sentira medo desse homem e dissera no bilhete frenético que ele devia ser morto e dissolvido em ácido. Além disso, Allen andara recebendo cartas dos estranhos magos da Europa sob o nome de Curwen e era demasiado palpável que ele se considerava um avatar do antigo necromante. E agora, vindo de uma fonte nova e desconhecida, chegara uma mensagem dizendo que "Curwen" tinha que ser morto e dissolvido em ácido. A relação era inequívoca demais para ser fictícia e, além disso, Allen não estava planejando assassinar o jovem Ward, seguindo o conselho da criatura chamada Hutchinson? Claro, a carta que haviam lido nunca chegara às mãos do forasteiro barbudo, mas, pelo texto, podiam ver que Allen já fizera planos para lidar com o jovem, caso ele ficasse muito "melindroso". Sem dúvida, Allen tinha que ser preso e, mesmo que as instruções mais drásticas não pudessem ser seguidas, deveria ser colocado num lugar em que não pudesse prejudicar Charles Ward.

Naquela tarde, esperando contra todas as probabilidades poder extrair um vislumbre de informação a respeito dos mistérios recônditos da única pessoa disponível capaz de dá-las, o pai e o médico desceram até a baía e visitaram o jovem Charles no hospital. Num tom calmo e grave, Willett contou a ele tudo o que descobrira e notou como ele empalidecia à medida que cada descrição comprovava a veracidade da descoberta. O médico empregou o máximo de dramaticidade de que foi capaz e procurou por um sinal de retraimento de Charles quando abordou o assunto dos poços cobertos e os híbridos inomináveis dentro deles. Mas Ward não se retraiu. Willett fez uma pausa e sua voz ia ficando cada vez mais indignada à medida que falava sobre como aquelas coisas estavam passando fome. Taxou o jovem de desumanidade chocante e estremeceu ao receber uma risada sardônica como resposta. Pois Charles, desistindo de fingir que aquela cripta não existia, parecia ver uma piada macabra naquela história toda e cacarejava roucamente de alguma coisa que o divertia. Então ele sussurrou numa entonação que se tornou ainda mais terrível por causa da voz incerta que usou, "Maldição, eles comem *mesmo*, mas *não precisam comer!* Essa é a parte extraordinária! Um mês sem comida, você disse! Ora essa, o senhor é bem modesto! Sabe, essa era a piada sobre o pobre velho Whipple e sua fanfarronada virtuosa! Ele ia matar todos? Por que, diabos, ele ficou meio surdo com o barulho de Fora e nunca viu ou ouviu nada vindo dos poços? Ele nunca imaginou que eles existissem! Que o diabo os leve, *aquelas malditas coisas estão uivando lá embaixo desde que Curwen se foi, cento e cinquenta e sete anos atrás!*"

Mas Willett não foi capaz de arrancar mais nada do jovem. Horrorizado, embora quase convencido contra a vontade, continuou a narrar sua aventura, com a esperança de que algum incidente pudesse surpreender o ouvinte e tirá-lo do autocontrole de um louco que ele mantinha. Olhando para o rosto do jovem, o médico não pôde evitar uma espécie de horror ao constatar as mudanças que os últimos meses haviam provocado. É verdade que o rapaz fora arrastado para horrores inomináveis vindos dos céus. Quando a sala com as fórmulas e a poeira esverdeada foi mencionada, Charles mostrou o primeiro sinal de animação. Uma expressão zombeteira espalhou-se em seu rosto ao ouvir o que Willett lera no bloco, e ele se aventurou a fazer a suave declaração de que aquelas notas eram antigas e não tinham a menor importância para os não iniciados na história da magia. "Mas", acrescentou ele, "se o senhor conhecesse as palavras para invocar o que eu coloquei na taça, não estaria aqui agora para contar. Era o número 118, e eu imagino que o senhor ficaria abalado se tivesse visto a minha lista na outra sala. Eu nunca o invoquei, mas estava pensando em fazer isso no dia em que o senhor me convidou a vir para cá."

Willett então contou sobre a fórmula que recitara e a fumaça negra-esverdeada que surgiu e, à medida que falava, viu um medo real aparecer pela primeira vez na expressão de Charles Ward. "Ele veio e o senhor está aqui, vivo?" Enquanto Ward grasnava, sua voz parecia quase ter se livrado das algemas e mergulhado nos abismos cavernosos de ressonância desconhecida. Iluminado por um lampejo de inspiração, Willett achou que entendia a situação e incluiu em sua resposta a advertência de uma carta de que se lembrou. "Não. Você disse 118? Mas não se esqueça de que aquelas *pedras estão trocadas, agora, em nove de cada dez cemitérios. Você não terá certeza enquanto não perguntar!*" E então, sem aviso, pegou a minúscula mensagem e colocou-a diante dos olhos do paciente. Ele nunca poderia ter esperado um resultado mais forte, pois Charles Ward caiu desmaiado.

Toda essa conversa obviamente fora conduzida com grande sigilo para que os psiquiatras residentes não acusassem o pai e o médico de encorajarem um louco em seus delírios. Sem ajuda, também, o Dr. Willett e o senhor Ward carregaram o jovem desfalecido e puseram-no no sofá. Ao voltar a si, o paciente murmurou várias vezes que precisava falar com Orne e Hutchinson imediatamente, assim, quando ele pareceu ter recuperado toda a consciência, o médico lhe disse que daquelas estranhas criaturas, ao menos uma era seu pior inimigo e aconselhara o Dr. Allen a assassiná-lo. Essa revelação não produziu um efeito visível e, antes que fosse feita, os visitantes puderam notar que o anfitrião já tinha a aparência de um homem perseguido. Depois dela, ele não falaria mais, de forma que Willett e o médico partiram logo, dando antes um aviso para que tomasse cuidado com o barbudo Allen, a que o jovem respondeu apenas que esse indivíduo estava sendo muito bem cuidado e não poderia causar mal a ninguém, mesmo que quisesse. Isso foi dito com uma risada quase maldosa, dolorosa de se ouvir. Eles não se preocuparam com que Charles pudesse se comunicar com aquela dupla monstruosa na Europa, pois sabiam que os responsáveis pelo hospital recolhiam todas as cartas enviadas para censurar e nenhuma missiva perigosa ou excêntrica passaria.

Existe, no entanto, uma consequência curiosa no assunto Orne e Hutchinson, se é que os feiticeiros exilados eram mesmo eles. Movido por um vago pressentimento em meio aos horrores daquele período, Willett contratou um escritório internacional de clippings de notícias para que relatassem crimes e acidentes notáveis em Praga e no leste da Transilvânia, e após seis meses achou que encontrara duas coisas muito significativas entre os diversos itens que recebeu e traduziu. Uma foi a destruição total de uma casa à noite no antigo bairro de Praga e o desaparecimento do homem maligno chamado Josef Nadek, que residira nela sozinho desde que qualquer pessoa podia se lembrar. A outra foi uma explosão monstruosa nas montanhas da Transilvânia, a leste de Rakus, e a total extirpação do agourento Castelo Ferenczy com todos os seus ocupantes, cujo mestre era também tão mal falado pelos camponeses e tropas de soldados que ele logo seria convocado a Bucareste para um sério interrogatório se esse incidente não houvesse interrompido uma carreira já tão longa que era anterior à memória comum. Willett afirma que a mão que escreveu aquelas minúsculas era capaz de manejar armas mais pesadas também e que, enquanto a eliminação de Curwen fora deixada para ele, o próprio autor achou que seria capaz de encontrar e lidar com Orne e Hutchinson. O médico se esforçou diligentemente para não pensar no destino que foi dado a eles.

6

Na manhã seguinte, o Dr. Willett se apressou em ir à casa de Ward para estar presente no momento em que os detetives chegassem. A destruição ou encarceramento de Allen — ou de Curwen, se se puder considerar a alegação tácita de reencarnação como válida — tinha que ser realizada a qualquer custo e ele comunicou essa convicção ao senhor Ward quando se sentaram para esperar a chegada dos homens. Estavam no andar de baixo desta vez, pois a parte superior da casa estava começando a ser evitada por causa de uma repugnância especial que pairava indefinidamente ali, uma repugnância que os empregados mais antigos relacionavam a alguma maldição deixada pelo retrato desaparecido de Curwen.

Às nove horas os três detetives chegaram e imediatamente apresentaram tudo o que tinham a dizer. Infelizmente não haviam localizado o Brava Tony Gomes como desejavam, nem haviam encontrado o menor vestígio da procedência ou paradeiro atual do Dr. Allen, mas haviam conseguido desenterrar uma quantidade considerável de impressões e fatos locais a respeito do reticente estrangeiro. Allen deixara na população de Pawtuxet a impressão de um ser vagamente sobrenatural e havia uma crença generalizada de que aquela barba espessa era tingida ou falsa — uma crença conclusivamente sustentada pela descoberta da barba falsa, junto com um par de óculos escuros, em seu quarto do fatídico bangalô. Sua voz, conforme o senhor Ward testemunhou na única vez em que falaram ao telefone, tinha uma profundidade e um vazio impossíveis de serem esquecidos, e seu olhar era maligno mesmo por trás dos óculos de aros de chifre esfumaçados. Durante uma negociação, um lojista vira uma amostra de sua caligrafia e declarou que era esquisita e garatujada, o que foi confirmado pelas notas a lápis sem um significado claro encontradas em seu quarto e reconhecidas pelo comerciante. Em relação aos boatos de vampirismo do verão anterior, a maior parte das conversas afirmava que Allen, e não Ward, era o vampiro real. Também foram obtidas declarações dos oficiais que haviam visitado o bangalô após o desagradável incidente do roubo com o caminhão. Não sentiram tanto o aspecto sinistro no Dr. Allen, mas haviam reconhecido nele a figura dominante no estranho e sombrio chalé. O cômodo estava escuro demais para que pudessem observá-lo claramente, mas seriam capazes de reconhecê-lo se o vissem de novo. A barba parecia sem sentido e achavam que ele tinha uma leve cicatriz acima do escuro e pomposo olho direito. Quanto à investigação dos detetives no quarto do Dr. Allen, não encontraram nada de definitivo, a não ser a barba e os óculos, além de várias notas a lápis, nos garranchos que Willett vira imediatamente serem idênticos aos dos manuscritos do velho Curwen, e pelo grande volume de notas recentes do jovem Ward encontrado nas arruinadas catacumbas do horror.

O Dr. Willett e o senhor Ward flagraram algo como um medo cósmico profundo, sutil e insidioso com base nessas informações à medida que eram reveladas, e quase tremeram ao acompanhar o vago e louco pensamento que atingiu suas mentes ao mesmo tempo. A barba falsa e os óculos — a caligrafia garatujada de Curwen — o antigo retrato e a pequena cicatriz — *o jovem alterado no hospital com a mesma cicatriz* — aquela voz profunda e cava ao telefone — não foi disso que o senhor Ward se lembrou quando seu filho rosnou naquela entonação lamentável, à qual ele agora dizia sua voz ter sido reduzida. Quem jamais vira Charles e Allen juntos? Sim, os oficiais haviam visto uma vez, mas e depois? Não foi quando Allen partiu que Charles de repente perdeu seu medo cada vez maior e começou a viver o tempo todo no bangalô? Curwen — Allen — Ward — em que tipo de fusão blasfema e abominável haviam se envolvido duas idades e duas pessoas? Aquela maldita semelhança do retrato com Charles — afinal aqueles olhos não costumavam encarar e acompanhar o rapaz pela sala? Por que, também, Allen e Charles copiavam a caligrafia de Joseph Curwen, mesmo quando sozinhos e sem vigilância? E então o horripilante trabalho daquelas pessoas — a cripta perdida dos horrores que fizera o médico envelhecer anos em uma única noite, os monstros vorazes nos poços fétidos, a fórmula abominável que produzira resultados inomináveis, a mensagem em minúsculas encontrada no bolso de Willett, os documentos e cartas e todas as conversas sobre túmulos e "sais" e descobertas — aonde levava tudo aquilo? No fim o senhor Ward fez a coisa mais sensata. Escudando-se contra qualquer interrogatório sobre o porquê fizera aquilo, deu aos detetives algo para mostrarem a esses comerciantes de Pawtuxet que haviam visto o pomposo Dr. Allen. Era uma fotografia de seu desafortunado filho, na qual ele desenhou agora cuidadosamente com tinta o par de óculos pesados e a barba negra pontuda que os homens haviam trazido do quarto de Allen.

Durante duas horas ele aguardou com o médico na casa opressiva, onde o medo e o miasma aos poucos se uniam, enquanto o painel vazio da biblioteca de cima exibia cada vez mais lascívia. E então os homens voltaram. Sim. *A fotografia modificada tinha uma grande semelhança com o Dr. Allen.* O senhor Ward empalideceu e Willett limpou com o lenço uma sobrancelha repentinamente umedecida. Allen — Ward — Curwen — isso estava se tornando horrendo demais para um pensamento coerente. O que o rapaz evocara do vazio e o que aquilo fizera com ele? O que acontecera realmente do começo ao fim? Quem era esse Allen que queria matar Charles por ser muito suscetível, e por que a vítima destinada a ele dissera no *post-scriptum* daquela carta frenética que ele devia ser completamente dissolvido em ácido? Por que, também, aquela mensagem em minúsculas, em cuja origem ninguém se atrevia a pensar, dissera que "Curwen" tinha que ser igualmente destruído? Qual foi a *mudança* e quando ocorrera o estágio final? No dia em que aquela mensagem frenética foi recebida, ele estivera nervoso a manhã inteira e, em seguida, houve uma mudança. Ele deslizou para fora sem ser visto e se gabou ousadamente de ter passado pelos homens contratados para vigiá-lo. Foi então que tudo aconteceu, quando ele estava fora. Mas não — ele não gritara de terror ao entrar no estúdio – naquela mesma sala? O que ele encontrara? Ou, melhor — *o que o encontrara*? Aquele simulacro que entrara ousadamente sem que ninguém tivesse visto sair — seria aquilo uma sombra desconhecida e um horror que se abateu sobre uma figura trêmula que jamais saíra? O mordomo não mencionara ruídos estranhos?

Willett pediu para chamarem o homem e fez algumas perguntas em voz baixa. Fora, sem dúvida, uma situação terrível. Houvera barulho — um grito, um arquejo, um engasgo e uma espécie de estrondo, ou rangido, ou baque, ou tudo isso. E o senhor Charles não era o mesmo quando saiu da sala sem uma palavra. O mordomo estremecia à medida que falava e sentia o ar pesado que soprava de alguma janela aberta no andar de cima. O terror definitivamente se fixara na casa e apenas os detetives profissionais pareciam não absorvê-lo em sua totalidade. Mas mesmo eles estavam perturbados, pois esse caso trazia elementos vagos do passado que não lhes agradavam nada. O Dr. Willett pensava profunda e rapidamente; seus pensamentos eram os mais terríveis. De vez em quando sentia-se prestes a explodir em murmúrios, enquanto repassava em sua mente uma nova, aterrorizante e cada vez mais conclusiva cadeia de acontecimentos que mais pareciam pesadelos.

O senhor Ward sinalizou então que a conversa terminara, e todos, com exceção dele e do médico, deixaram a sala. Era meio-dia agora, mas sombras noturnas pareciam engolfar a mansão mal-assombrada. Willett começou a falar seriamente com o seu anfitrião e insistiu para que ele deixasse a maior parte das investigações futuras por sua conta. Haveria, previu ele, certos elementos odiosos que um amigo poderia suportar melhor do que um parente. Como médico da família, ele teria liberdade, e a primeira coisa que pediu foi um período sozinho e sem interrupções na biblioteca abandonada do andar de cima, onde a antiga sobrecornija adquirira uma aura de horror repelente mais intensa do que quando as feições de Joseph Curwen olhavam furtivamente para baixo.

Atordoado pelo fluxo de morbidezes grotescas e sugestões enlouquecedoras e impensáveis que foram despejadas sobre ele de todos os lados, o senhor Ward apenas foi capaz de concordar e, meia hora mais tarde, o médico estava trancado na sala banida com o painel de Olney Court. De fora, o pai ouviu sons incertos de movimentos e inspeção, conforme o tempo passava, e finalmente um puxão e um rangido, como se a porta pesada de um armário estivesse sendo aberta. Em seguida houve um grito abafado, uma espécie de engasgo e a batida forte do que quer que tivesse sido aberto. Quase no mesmo instante a chave girou e Willett apareceu no hall, desfigurado e horrorizado, pedindo lenha para a lareira verdadeira da parede sul da sala. A fornalha não era suficiente, disse ele, e a lareira elétrica era quase inútil. Desejando perguntar, mas sem se atrever a fazê-lo, o senhor Ward deu a ordem necessária e um homem trouxe algumas grossas toras de pinho, estremecendo ao entrar no ambiente contaminado da biblioteca para colocá-las na lareira. Enquanto isso, Willett subira ao laboratório desmantelado, trazendo de lá alguns itens variados que sobraram da mudança de julho. Estavam em uma cesta coberta e o senhor Ward jamais soube o que eram.

Em seguida o médico se trancou na biblioteca mais uma vez e, pelas nuvens de fumaça que desciam da chaminé e entravam pela janela, sabia-se que ele acendera a lareira. Mais tarde, após um grande farfalhar de jornais, o estranho puxão e rangido foram ouvidos novamente, seguidos por um baque do qual nenhum dos que bisbilhotavam gostou. A seguir ouviram dois gritos abafados de Willett e logo depois veio um farfalhar ciciante de uma repelência indefinível. Finalmente a fumaça que o vento trazia da chaminé ficou muito escura e acre, e todo mundo desejou que o clima os poupasse daquela inundação fétida e venenosa de fumaças estranhas. O senhor Ward sentiu a cabeça rodopiar, e todos os empregados se amontoaram para assistir à investida daquela horrível fumaça negra. Após uma longa espera, os vapores começaram a se dissipar e sons meio amorfos de alguém raspando, vasculhando e outros movimentos menores foram ouvidos por trás da porta trancada. E, finalmente, após a batida de alguma porta de armário lá dentro, Willett apareceu — triste, pálido e desfigurando, carregando a cesta coberta que pegara no laboratório do andar de cima. Ele deixara a janela aberta e aquela sala, antes amaldiçoada, exalava uma abundância de ar puro e saudável misturado com um estranho novo cheiro de desinfetantes. A antiga sobre-cornija ainda persistia, mas parecia isenta de malignidade agora e se erguia tranquila e majestosa em seu painel, como se jamais houvesse exibido o retrato de Joseph Curwen. A noite vinha caindo, mas desta vez suas sombras não possuíam aquele horror latente, apenas uma leve melancolia. O médico jamais falou o que fizera. Disse ao senhor Ward que "não poderia responder a nenhuma pergunta, mas garanto que existem diferentes tipos de magia. Fiz uma grande purificação e as pessoas desta casa vão dormir melhor por causa disso."

7

Que a "purificação" do Dr. Willett fora uma provação tão extenuante quanto a medonha excursão na cripta destruída é comprovada pelo fato de que o idoso médico desabou completamente assim que chegou em casa naquela noite. Durante três dias ele ficou descansando em seu quarto, embora os empregados mais tarde tenham murmurado algo a respeito de terem-no ouvido depois da meia-noite, na quarta-feira, quando a porta da frente foi aberta suavemente e fechada com uma leveza inacreditável. Felizmente a imaginação dos empregados é limitada, caso contrário o comentário poderia ser estimulado por uma notícia do *Evening Bulletin* da quinta-feira, que dizia o seguinte:

VAMPIROS DO CEMITÉRIO NORTE VOLTAM A AGIR

Após uma calmaria de dez meses desde o covarde vandalismo no lote de Weeden, no Cemitério Norte, um gatuno notívago foi avistado nesta madrugada, no mesmo cemitério, por Robert Hart, o vigilante noturno. Acontecendo de olhar por um momento de seu abrigo, por volta das duas horas da manhã, Hart observou o brilho de uma lamparina, ou lanterna elétrica, não muito longe, a nordeste, e, assim que abriu a porta, percebeu o vulto de um homem com uma pá bem desenhado contra uma luz elétrica próxima. Dando imediatamente início a uma perseguição, viu o vulto se arremessar para a entrada principal, ganhando a rua e se confundindo com as sombras antes que uma aproximação ou captura fosse possível.

Como os primeiros fantasmas que agiram ano passado, esse intruso não causou nenhum dano real antes de ser detectado. Uma parte vazia do lote de Ward mostrou sinais de uma pequena escavação superficial, mas nada que se aproximasse do tamanho de um túmulo, e nenhuma outra sepultura foi violada antes dessa.

Hart, que não é capaz de descrever o gatuno, a não ser como um homem franzino e com barba, está inclinado a considerar que esses três incidentes de violação têm uma mesma origem, mas a polícia do Segundo Distrito pensa de outra forma, em vista da natureza selvagem do segundo incidente, quando um antigo caixão foi retirado e a lápide, violentamente estilhaçada.

O primeiro incidente, no qual se acredita ter havido uma tentativa de enterrar alguma coisa, foi frustrado. Ocorreu um ano atrás, em março, e foi atribuído a contrabandistas em busca de um esconderijo. É possível, diz o sargento Riley, que essa terceira ação seja de natureza semelhante. Os policiais do Segundo Distrito estão se esforçando ao máximo para capturar a quadrilha de heréticos responsável por esses repetidos escândalos.

Durante a quinta-feira toda, o Dr. Willett descansou como se estivesse se recuperando de alguma coisa que acontecera no passado ou para enfrentar o futuro. No final da tarde, ele escreveu uma mensagem ao senhor Ward, que foi entregue na manhã seguinte, fazendo com que o estupefato pai refletisse longa e profundamente. O senhor Ward não pudera voltar aos negócios desde o choque por que passara na segunda-feira, com seus relatórios frustrantes e a sinistra "purgação", mas viu algo de tranquilizante na carta do médico, apesar do desespero que ela prometia e dos novos mistérios que parecia evocar.

10 Barnes St.,
Providence, R. I.
12 de abril de 1928

Caro Theodore: —

Sinto que preciso lhe dar notícias antes de fazer o que vou fazer amanhã. Isso vai concluir os terríveis acontecimentos pelos quais estamos passando (pois acho que não há a menor possibilidade de alguma pá um dia cavar aquele lugar monstruoso que conhecemos), mas receio que você não se sentirá seguro enquanto eu não garantir claramente o quão conclusivo será.

Você me conhece desde pequeno, de forma que acho que acreditará quando eu sugerir que alguns assuntos devem ser mantidos em aberto e não explorados. É melhor você não fazer mais nenhuma investigação a respeito do caso de Charles, e é quase imperativo que não diga à mãe dele nada além do que ela já desconfia. Quando eu telefonar amanhã, Charles terá fugido. Isso é tudo o que deve restar na cabeça de qualquer pessoa. Ele estava louco e fugiu. Pode contar à mãe dele, com gentileza e gradativamente, sobre a parte da loucura, quando você parar de escrever bilhetes em nome dele. Eu o aconselharia a se juntar a ela em Atlantic City e descansar um pouco também. Deus sabe como você precisa disso, depois desse choque, aliás, eu também. Vou para o Sul por algum tempo para me acalmar me recuperar.

Por isso, não me faça perguntas quando eu ligar. Pode ser que algo dê errado, mas eu vou dizer se isso acontecer. Não acho que vá. Não haverá mais nada com que se preocupar, porque Charles estará muito, muito seguro. Ele já está agora — mais seguro do que você imagina. Não precisa ter medo de Allen ou do que, de quem ele é. Ele agora é parte do passado, tanto quanto o retrato de Joseph Curwen, e quando eu tocar a campainha da sua porta, pode ter certeza de que essa pessoa não existirá mais. E o que estava escrito naquela mensagem em minúsculas nunca vai perturbar você ou os seus.

Mas é preciso que se previna contra a melancolia e que prepare sua esposa para fazer o mesmo. Preciso dizer com toda a franqueza que a fuga de Charles não significa a volta dele para casa. Ele foi atingido por um tipo peculiar de doença, como vocês devem ter percebido pelas mudanças físicas sutis e mentais, e não esperem vê-lo de novo. Consolem-se com o fato de que ele nunca foi um espírito maligno, nem mesmo um homem realmente louco, apenas um rapaz ávido, estudioso e curioso, cuja paixão pelo mistério e pelo passado foi sua ruína. Ele tropeçou em coisas que nenhum mortal deveria jamais conhecer e voltou ao passado de uma forma que ninguém deveria voltar. E desse passado veio algo que o engolfou.

E agora vem o assunto para o qual eu peço a sua confiança total. Pois não haverá, de fato, nenhuma dúvida sobre o destino de Charles. Daqui a um ano, digamos, você pode, se quiser, inventar uma história adequada para o final, pois o rapaz não existirá mais. Vocês podem colocar uma lápide no seu lote do Cemitério Norte, exatamente três metros a oeste da sepultura de seu pai, de frente para o mesmo lado, que marcará o local exato de descanso de seu filho. Também não precisa temer que ela vá marcar alguma anormalidade ou mutação. As cinzas naquele túmulo serão as dos ossos e tendões dele — do real Charles Dexter Ward, cujo desenvolvimento mental você acompanhou desde a infância — o Charles real, com a marca em forma de oliva no quadril e sem a marca de bruxo no peito ou a pinta na sobrancelha. O Charles que nunca fez nada de errado e que terá pago com a vida por sua "suscetibilidade".

Isso é tudo. Charles terá fugido e daqui a um ano você pode colocar a lápide em seu túmulo. Não faça perguntas amanhã. E acredite que a honra de sua tradicional família continua sem manchas agora, como sempre foi no passado.

Com meus mais profundos sentimentos e desejos de coragem, tranquilidade e resignação, sempre seu

Sincero amigo,
Marinus B. Willett.

Assim, na manhã da sexta-feira, 13 de abril de 1928, Marinus Bicknell Willett visitou o quarto de Charles Dexter Ward no hospital particular do Dr. Waite, em Conanicut Island. Embora sem fazer nenhuma tentativa para fugir de seu visitante, o jovem estava com um humor pesado e não parecia inclinado a se abrir para a conversa que Willett claramente desejava. A descoberta feita pelo médico da cripta e sua monstruosa experiência dentro dela criara, é claro, uma nova fonte de mal--estar, de forma que ambos hesitavam perceptivelmente após uma troca tensa de algumas formalidades. Em seguida, um novo elemento de constrangimento se insinuou, à medida que Ward parecia perceber, por trás da máscara que o médico pusera no rosto, estar diante de um objetivo terrível que jamais estivera lá antes. O paciente desanimou, consciente de que, desde a última visita, houvera uma mudança em que o solícito médico da família fora substituído pelo impiedoso e implacável vingador.

Ward realmente empalideceu, e o médico foi o primeiro a falar. "Muito mais", disse ele, "foi descoberto, e devo ser justo e avisá-lo que você me deve explicações."

"Cavando de novo e descobrindo mais bichinhos de estimação mortos de fome?", foi a irônica resposta. Era evidente que o jovem queria se vangloriar ao máximo.

"Não," voltou Willett lentamente, "desta vez eu não tive que cavar. Mandamos alguns homens procurarem Allen e eles encontraram a barba falsa os óculos no bangalô."

"Excelente", comentou o anfitrião perturbado, esforçando--se para fazer um insulto espirituoso, "e tenho certeza de que ficariam melhor no senhor do que a barba e os óculos que está usando agora!"

"Ficariam muito bem em você", veio a resposta plácida e estudada, "*como realmente parecem ter ficado.*"

No momento em que Willett disse isso, foi como se uma nuvem cobrisse o sol, embora não houvesse nenhuma mudança nas sombras do chão.

Então Charles se aventurou:

"E é por essa explicação que você está tão ansioso? Imagine um homem que de vez em quando ache útil ser outro."

"Não", disse Willett gravemente, "você está errado de novo. Não é problema meu se um homem quiser ter duas personalidades, *contanto que ele tenha o direito de existir e contanto que ele não destrua o que o invocou do espaço."*

Ward agora falou com violência. "Muito bem, doutor, o que o senhor *encontrou* e o que quer comigo?"

O médico fez uma pequena pausa antes de responder, como se escolhesse as palavras para dar uma resposta eficaz.

"Encontrei", respondeu ele afinal, "algo em um armário, atrás de uma antiga sobrecornija, onde antigamente havia um retrato, e queimei e enterrei as cinzas onde deveria ser o túmulo de Charles Dexter Ward."

O louco engasgou e pulou da cadeira na qual estivera sentado:

"Maldito seja, para quem você contou — e quem vai acreditar que era ele depois de dois meses inteiros, e me vendo vivo? O que você pretende fazer?"

Embora franzino, Willett realmente adquiriu uma espécie de majestade jurídica, enquanto acalmava o paciente com um gesto.

"Não contei para ninguém. Não se trata de um caso comum — é uma loucura fora de época e um horror vindo de outras esferas que nenhum policial ou advogado ou juiz ou psiquiatra poderia jamais compreender ou combater. Graças a Deus tive muita sorte por ainda ter em mim a centelha de imaginação que não me deixou achar que poderia estar errado ao pensar nisso. *Você não consegue me enganar, Joseph Curwen, porque eu sei que a sua magia amaldiçoada é verdade!*

"Eu sei como você tramou o feitiço que pairou aquém dos anos e se fechou em seu sósia e descendente. Eu sei como você o arrastou para o passado e convenceu-o a retirá-lo de seu detestável túmulo. Eu sei como ele o manteve escondido no laboratório, enquanto você estudava coisas modernas e perambulava pelo exterior como um vampiro à noite, e como mais tarde você se exibiu de barba e óculos, de forma que ninguém pudesse refletir sobre sua semelhança blasfema com ele. Eu sei o que você resolveu fazer quando ele resistiu ao seu monstruoso vandalismo nos túmulos terrenos *e ao que você planejou depois*, e sei como você fez.

"Você tirou a barba e os óculos e enganou os guardas que estavam em volta da casa. Acharam que foi ele que entrou, e acharam que foi ele que saiu depois que você entrou, estrangulou--o e escondeu-o. Mas você não considerou a diferença de conteúdo das duas mentes. Você foi um louco, Joseph Curwen, ao supor que uma simples identidade visual seria suficiente. Por que não pensou na fala, na voz e na caligrafia? Não funcionou, afinal, como você pode ver. Você sabe melhor do que eu quem ou o que escreveu aquela mensagem em minúsculas, mas quero avisá-lo que ela não foi escrita em vão. Existem abominações e blasfêmias que precisam ser destruídas, e acredito que a pessoa que escreveu aquelas palavras vai seguir Orne e Hutchinson. Uma dessas criaturas lhe escreveu certa vez 'não invoque aquele que não puder suprimir'. Você já foi destruído uma vez e pode ser que sua própria magia demoníaca o destrua de novo. Curwen, um homem não pode se imiscuir na natureza além de certos limites, e todos os horrores que você tramou se levantarão para exterminá-lo."

Mas nesse ponto o médico foi interrompido por um grito convulsivo da criatura à sua frente. Irremediavelmente acuado, sem armas, sabendo que qualquer demonstração de violência física atrairia um pelotão de ajudantes para socorrer o médico, Joseph Curwen recorreu ao seu único antigo aliado e iniciou uma série de movimentos cabalísticos com os indicadores, enquanto sua voz profunda e cava, agora utilizada sem a rouquidão fingida, berrou as palavras de abertura de uma fórmula terrível.

"PER ADONAI ELOIM, ADONAI JEHOVA, ADONAI SABAOTH, METRATON ..."

Mas Willett foi mais rápido que ele. No instante mesmo em que os cachorros do pátio de fora começaram a latir, no instante mesmo em que um vento gélido subitamente brotou da baía, o médico começou a solene e comedida entonação das palavras que pretendera recitar durante todo o tempo. Olho por olho — magia por magia — e que o resultado mostre como ele aprendeu bem a lição do abismo! Assim, em voz clara, Marinus Bicknell Willett iniciou o *segundo* par da fórmula que o autor daquelas minúsculas elevara primeiro — a invocação cabalista cujo cabeçalho era a Cauda do Dragão, sinal do *nó descendente*.

"OGTHROD AI'F
GEB'L-EE'H
YOG-SOTHOTH
'NGAH'NG AI'Y
ZHRO!"

Assim que a primeira palavra saiu da boca de Willett, a fórmula iniciada anteriormente pelo paciente foi interrompida. Incapaz de falar, o monstro fez movimentos selvagens com os braços, até que eles também foram detidos. Quando o terrível nome de *Yog--Sothoth* foi proferido, a hedionda transformação começou. Não era simplesmente uma *dissolução*, era mais uma *transformação* ou *recapitulação*, e Willett fechou os olhos para não desmaiar antes que o resto do encantamento pudesse ser pronunciado.

Mas ele não desmaiou, e aquele homem de séculos profanos e segredos proibidos nunca mais perturbou o mundo novamente. A loucura fora de época imergira e o caso de Charles Dexter Ward estava terminado. Ao abrir os olhos, antes de cambalear para fora daquele quarto de horror, o Dr. Willett viu que aquilo que mantivera na memória não fora em vão. Não houvera, conforme previra, necessidade de ácidos. Pois como aconteceu com seu retrato amaldiçoado um ano antes, Joseph Curwen agora jazia espalhado no chão como uma fina camada de uma fina poeira cinza-azulada.

Sobre o Autor

O século que experimentou um fantástico progresso na mecanização da produção, uma extraordinária jornada de investigação, sob a égide da ciência, de todos os meandros da atividade humana — produtiva, social, mental —, foi também o período em que mais proliferaram, na cultura universal, as incursões artísticas na esfera do imaginário, os mergulhos no mundo indevassável do inconsciente. Literatura, rádio, cinema, música, artes plásticas, e depois, também, a televisão, entrelaçaram-se na criação e recriação de mundos sobrenaturais, em especulações sobre o presente e o futuro, em aventuras imaginárias além do universo científico e da realidade aparente da vida e do espírito humanos.

Howard Phillips Lovecraft (1890-1937), embora não tenha alcançado sucesso literário em vida, foi postumamente reconhecido como um dos grandes nomes da literatura fantástica do século XX, influenciando artistas contemporâneos, tendo histórias suas adaptadas para o rádio, o cinema e a televisão, e um público fiel constantemente renovado a cada geração. Explorando em poemas, contos e novelas os mundos insólitos que inventa e desbrava com a mais alucinada imaginação, Lovecraft seduz e envolve seus leitores numa teia de situações e seres extraordinários, ambientes oníricos, fantásticos e macabros que os distancia da realidade cotidiana e os convoca a um mergulho nos mais profundos e obscuros abismos da mente humana.

Dono de uma escrita imaginativa e muitas vezes poética que se desdobra em múltiplos estilos narrativos, Lovecraft combina a capacidade de provocar a ilusão de autenticidade e verossimilhança com as mais desvairadas invenções de sua arte. Ele povoa seu universo literário de monstros e demônios, de todo um panteão de deuses terrestres e extraterrestres interligados numa saga mitológica que perpassa várias de suas narrativas, de homens sensíveis e sonhadores em perpétuo conflito com a realidade prosaica do mundo.

do mesmo autor nesta editora

Este livro foi composto em Vendetta e Variex pela *Iluminuras* e terminou de ser impresso nas oficinas da *Meta Brasil Gráfica*, em papel off-white 80 gramas, em Cotia, SP.